Erinne

Thomas Schuller-Götzburg

Erinnerungen an Jugoslawien

Das Jahrzehnt der Zerstörung

1991-2001

Kultur(Land Salzburg

Alle Rechte beim Autoren
Herstellung: Books on Demand GmbH, Norderstedt
ISBN 3-8311-4097-9

Dem Gedenken der Opfer der Balkankriege gewidmet

Inhalt

Ein Partisan, ein einfacher, wenig gebildeter Mann, erzählt, dass in den drei Jahren des Kampfes nichts einen so starken Eindruck auf ihn hinterlassen hat, wie die zerstörte, verlassene Stadt Kupres:

"Alles verbrannt. Kein Haus unbeschädigt, nirgendwo ein Lebewesen, nicht einmal eine Katze. Doch in den Straßen, überall, rauschen die Wasserrohre. Wenn es ganz still ist, besonders in der Nacht, hört man das Rauschen wie Donner aus der Ferne. Gespenstisch"

Ivo Andrić, Wegzeichen

Invenit arma furor.
Das Wüten fand Waffen.

Marcus Annaeus Lucanus, De bello civili

In einem Land, das Heldentum und Führungsanspruch über alle Dinge stellte, war das Fehlen dieser Eigenschaften qualvoll und beschämend. Es war wie Armut oder eine Sünde, denen die anderen nicht verfielen.

Milovan Ðilas, Land ohne Gerechtigkeit

9

aus der Ferne
gespenstisch- ghastly, spooky, haunting, eldritch

Einleitung

Dies ist ein sehr persönliches Buch und es ist notgedrungen subjektiv. Es ist subjektiv, da ich im folgenden Eindrücke von meinen Aufenthalten und Reisen im ehemaligen Jugoslawien wiedergebe. Seit mehr als zehn Jahren bin ich diesem Raum verbunden und habe viele wichtige Ortschaften und Landschaften dieser an Geschichte und Kultur reichen Region besucht. Dabei hatte ich das Glück, dort auch beruflich als Diplomat tätig sein zu können, im Sommer 1991 in Zagreb und von 1995 bis 1997 in Belgrad sowie während des österreichischen OSZE-Vorsitzes in Wien befasst mit den Ereignissen, die im Herbst 2000 zum Untergang des Milošević-Regimes führten.

Ich habe die Menschen in allen Nachfolgestaaten des ehemaligen Jugoslawien kennen und schätzen gelernt, unabhängig von ihren jeweiligen Zugehörigkeiten. Ich liebe ihre Musik und ihre Sprachen, ihre Küche, ihre Gastfreundschaft. Ich bin vielen Menschen begegnet, die mir gegenüber immer freundlich, höflich und korrekt waren, wobei meine nationale Zugehörigkeit, Sprache und Religion unwichtig waren. Wenn es eine Lehre aus den Ereignissen des Jahrzehnts der Zerstörung gibt, dann die der Toleranz, gegenseitigen Achtung, des Respekts. Mir wurde dies zuteil und ich hoffe, ich konnte dies jeweils zurückgeben. Viel wichtiger ist jedoch, dass alle diejenigen, die ich treffen konnte, Slowenen, Kroaten, Serben, Krajina-Serben, Montenegriner, Kosovo-Albaner, Bosniaken, Gorani das was sie mir gaben, sich wieder gegenseitig geben. Dann wird es möglich sein, dass diese Region wieder zur Ruhe kommt und die Menschen in eine bessere Zukunft blicken können.

Ich habe den Versuch gemacht, meine persönlichen Eindrücke mit Reflexionen zu Ursachen und Hintergründen zu vermengen, weil ich nur so meine Erfahrungen vor Ort sinnhaft verarbeiten konnte. Ich habe versucht, objektiv zu sein, nicht für oder gegen etwas zu schreiben. Dennoch bleibt die Zusammenschau subjektiv, da ich nicht alle Orte aufsuchen konnte, sondern nur einen Teil. Der Zufall hat mich seltener nach Slowenien, Bosnien-Herzegowina und die ehemalige Teilrepublik Mazedonien geführt, vermehrt hingegen nach Serbien, in das Kosovo und Montenegro. Dadurch ergibt sich im folgenden eine gewisse Gewichtung, die aber nur mein unvollkommenes Wissen reflektiert und nicht Parteinahme. Vieles bleibt unentdeckt und damit unreflektiert.

Die Geschichte Südosteuropas ist komplex und unübersichtlich, vorschnelle Urteile sind leicht getroffen, vor allem unter dem Einfluss der Medien. Nur zu oft musste ich feststellen, dass das von den Medien transportierte Bild keineswegs dem entsprach, was ich vor Ort selbst erfahren konnte. Jeder sei daher eingeladen, sich selbst auf die Reise zu machen und ich kann versprechen, dass es spannend und eindrucksvoll sein wird.

Das alte Jugoslawien wird es nicht mehr geben, wozu aber letztlich auch keine Notwendigkeit besteht: die Perspektive einer Mitgliedschaft in der Europäischen Union sollte Grenzen irrelevant machen. Bis dahin ist es jedoch noch ein weiter Weg, nicht nur was die notwendigen wirtschaftlichen Parameter betrifft, sondern vielmehr die Fähigkeit, einander zu respektieren und Auseinandersetzungen, die es in jeder Gesellschaft gibt, nicht mit Gewalt auszutragen. Jedes Volk, jede Volksgruppe soll seine Spra-

11

che, Traditionen, Religion in das Projekt der europäischen Integration einbringen. Für Hass und Fundamentalismus darf kein Platz mehr sein.

Was mich immer wieder fasziniert, ist die Nähe dieser Region zu Österreich, und dass sie gleichzeitig so schwer verständlich und in vielen Bereichen unbekannt ist. Wer kannte vor zehn Jahren Begriffe wie Kosovo, Sandžak, Krajina? Begriffe wie Arizona, Feuerland, Gobi waren der Öffentlichkeit sicher geläufiger. Die bosnische Grenze ist von der österreichischen in etwa zwei Autostunden entfernt, dennoch war dieses Land bis vor kurzem eine *Terra incognita*. Kaum jemandem war vor zehn Jahren bewusst, dass es nur eine Flugstunde von Wien entfernt ca. zwei Millionen nach Unabhängigkeit strebende Kosovo-Albaner gab, jeder wusste aber beispielsweise über das Schicksal des Dalai Lama und die Frage der Unabhängigkeit Tibets bescheid. Es liegt auf der Hand, dass dieser Umstand auch vor allem durch die Medien bedingt ist. Solange ein Konflikt, ein Volk oder Vorfall nicht von den Medien, insbesondere den großen internationalen aufgegriffen und über längere Zeit thematisiert wird, dringt dies nicht in das allgemeine Wissen und Gewissen ein und kann daher von den politischen Führungen außer Acht gelassen werden. Sehr oft rächt sich aber diese Ignoranz und das Wegschauen, wie es im vergangenen Jahrzehnt mehrmals im ehemaligen Jugoslawien geschehen ist. Im folgenden möchte ich kurz skizzieren, wie die Ereignisse einen so dramatischen Verlauf nehmen konnten.

Einige Aspekte werden wiederholt aufgegriffen, was sich kaum vermeiden lässt: die Geschichte und die von ihr erzeugten Prozesse und Verwerfungen haben Kreise gezogen, die nicht nur eine Region oder einen Aspekt beein-

(über +A) Bescheid wissen

flussten. Der Leser möge daher die eine oder andere Wiederholung verzeihen.

Meinem Freund Helmut Kretzl danke ich für die kritische Durchsicht des Manuskripts, das durch seine stilistischen und inhaltlichen Änderungsvorschläge verbessert wurde. Meinem Bruder Peter Schuller-Götzburg und meinen Eltern danke ich für ihre Bemühungen hinsichtlich der Realisierung der Internet-Homepage, auf welcher das Buch vorgestellt wird. Dieses Buch wurde mit Hilfe von Mitteln des Amtes der Salzburger Landesregierung gedruckt. Mein besonderer Dank gilt Herrn Dr. Herbert Mayrhofer. Der Firma Sobolak in Leobendorf bei Wien danke ich ebenfalls für die Unterstützung bei der Realisierung des Projektes.

Meiner Frau Miroslava danke ich für die Geduld und das Verständnis, die sie mir gegenüber während der Erstellung des Manuskriptes aufgebracht hat.

Die folgenden Überlegungen sind rein privater Natur und stehen in keinerlei Zusammenhang mit dem österreichischen Bundesministerium für auswärtige Angelegenheiten.

Wien, im Juli 2002

Ort, im Monat 20XX

DAS ENDE DES GESAMTSTAATES

Westautobahn, 4. Mai 1980

Zufällig war ich an diesem denkwürdigen Tag im Auto eine längere Strecke unterwegs und hatte daher Gelegenheit, das Radioprogramm ausführlich mitzuverfolgen. Inmitten einer Sendung klassischer Musik unterbrach Ö1 das Programm. Da dies ungewöhnlich war, musste etwas Besonderes passiert sein. In einer tiefen und getragenen Stimme erklärte der Sprecher den Grund für die Unterbrechung des Programms:

"Der Präsident der Sozialistischen Föderativen Republik Jugoslawiens, Josip Broz Tito, ist, wie soeben mitgeteilt wurde, in Laibach verstorben. Der ORF unterbricht sein Programm." Neben weiteren Erläuterungen wurde in den kommenden Stunden Trauermusik gespielt, so, als wäre der österreichische Präsident verstorben. Bereits zuvor hatte mich der wochenlange Medienrummel um den sterbenden Tito erstaunt. Nach einer Flut täglicher ärztlicher "Bulletins" aus dem Krankenhaus in Ljubljana war doch klar gewesen, dass der über achtzigjährige Tito dem Tode geweiht war. Außerdem war er der Präsident eines anderen Landes. Eine Meldung in den Nachrichten zur vollen Stunde hätte die gleiche Information vermittelt, die Unterbrechung der Sendung und die lange Ausstrahlung von Trauermusik erschien mir unverständlich. Ein Präsident war verstorben, es würde doch wohl einen neuen geben? Mir kam das alles seltsam vor. Ich war damals 14 Jahre alt, hatte keine Ahnung von Politik, geschweige denn Außenpolitik. In Jugoslawien war ich nie gewesen, nicht einmal

14

geschweige denn...

an der adriatischen Küste für einen Sommerurlaub. Das Nachbarland war eine *Terra incognita* für mich. Die ärztlichen Bulletins waren zum täglichen Ritual in den Nachrichten geworden. Mich hatte dabei das Wort *Bulletin* mehr fasziniert als deren Inhalte. Jede kleinste Veränderung im Gesundheitszustand Titos wurde berichtet, analysiert und kommentiert. So ging das nicht enden wollend dahin. Tito lag im Spital in Ljubljana. Niemand hatte in den Nachrichten je erklärt, warum Tito in Ljubljana im Spital war. Belgrad war doch die Hauptstadt des Landes, nicht? - Ja, schon. – Warum ist er dann nicht im Spital in Belgrad? – Das Spital in Ljubljana ist besser als das in Belgrad. – Wie kann das sein? In Wien ist doch das beste Spital Österreichs? – Ja, aber in Jugoslawien ist das nicht so. Da ist das beste in Ljubljana.

Das war mir unerklärlich. Wie konnte in der Hauptstadt des Landes das Spital schlechter sein ist als in einer Provinzstadt? Warum wurde der langsame Tod des jugoslawischen Präsidenten täglich ausführlich zelebriert? Warum war der Präsident eigentlich so alt? Wurde kein jüngerer gewählt? Warum wurde er nicht ersetzt, wenn er so schwer krank war? Wie gesagt, ich hatte keine Ahnung, was in Jugoslawien passierte. Aber damit war ich wohl kaum alleine, denke ich mir heute.

Offenbar war dem ORF bewusst, dass mit der Krankheit und dem Tod Titos eine neue Ära in unserem Nachbarland beginnen würde. Dass diese keine bessere sein würde, wurde zwar nicht ausgesprochen, die tiefe Betroffenheit aber ließ es erahnen. Vielleicht gab es in Österreich ein besonderes Sensorium für das, was noch kommen sollte. Kurz darauf zeigten die Fernsehnachrichten den Eisenbahnzug mit dem Sarg Titos auf seinem Weg von Ljubljana nach Belgrad. Die Strecke war gesäumt von tausenden, tief

15

bewegten Menschen. Ihnen war auf jeden Fall bewusst, dass eine Ära unwiderruflich zu Ende gegangen war. Warum wurde der Leichnam nicht mit dem Flugzeug transportiert? Auch sein letzter Weg wurde zu einer politischen Manifestation. So wie früher die Jugend-Stafetten an Titos Geburtstag durch das Land liefen, wurde er nun selbst durch das Land gefahren. Im übrigen wurden diese Geburtstagsfeiern noch einige Jahre über den Tod Titos hinaus begangen. Die Organisation dieser Stafetten, die vom ganzen Land sternförmig nach Belgrad liefen, erforderte die weitere Zusammenarbeit der kommunistischen Parteien aller Republiken und wurde offensichtlich von den Eliten noch für eine Zeit lang als einigende Klammer angesehen. Allmählich wurden diese Feiern offenkundig sinnlos, da der Stern Titos und des Bundes der Kommunisten am Verblassen war und jährliche Geburtstagsfeiern für einen Toten ohnedies sinnwidrig sind. Mit dem Ende der Feiern für Titos Geburtstag kann das definitive Ende der politischen Ordnung Jugoslawiens angesetzt werden, die aus dem Zweiten Weltkrieg hervorging. Tito war damit ein zweites Mal gestorben und konnte bequem für alle Fehlentwicklungen verantwortlich gemacht werden.

Erst viel später wurde mir deutlich, dass die Fragen, die ich mir am Todestag stellte, einen Teil des Verständnisses über den Untergang Jugoslawiens bargen. Es war tatsächlich so, dass sein Tod nicht nur den Balkan, sondern auch Österreich und Europa in Mitleidenschaft ziehen würde. Es war am Todestag Titos schon vorauszusehen, dass eine Katastrophe den Horizont aufzog, wenn diese auch erst über zehn Jahre später losbrechen sollte. Dies erklärt die Trauermusik für den ausländischen Präsidenten. Dass die Katastrophe allerdings nicht gleich nach dem Tode Titos

16

die Stafette - relay, courier

ausbrach, dürfte im Rest der Welt den fatalen Eindruck geschaffen haben, dass es dem jugoslawischen Staat auch ohne die Autorität Titos gelingen werde, ein lebensfähiges Gebilde zu bleiben. Die Erschütterungen, die Europa dann 1989 erlebte, haben weiter dazu beigetragen, dass die Realität in der so seltsam benannten Sozialistischen Föderativen Republik Jugoslawien weiterhin nicht wahrgenommen wurde. So wurde der Trauerzug Titos nicht als Abgesang einer Epoche interpretiert, sondern alleinig als Ausdruck der Trauer eines Volkes, das seinen Führer verloren hat.

Der Aufenthalt im Spital in Ljubljana zeigte subtil einen der wesentlichen Gründe für den Zerfall Jugoslawiens, wenn man sich auch außerhalb der SFRJ dieser Tatsache damals kaum bewusst war: Der Lebensstandard und damit auch der Standard der Krankenversorgung war in Slowenien tatsächlich wesentlich höher als im restlichen Teil des Landes. Ein typisches Nord-Süd-Gefälle in der wirtschaftlichen Entwicklung Jugoslawiens war über die Jahrzehnte stetig tiefer geworden, was die Spannungen unter den Republiken steigerte, da der Interessensausgleich immer schwieriger wurde. Die reicheren Republiken Slowenien und Kroatien waren schließlich nicht mehr bereit, die rückständigeren Regionen zu finanzieren. Der Tourismus, der sich praktisch völlig auf Kroatien konzentrierte, diente zum Großteil zur Füllung der Kassen Belgrads, was natürlich in Zagreb Ressentiments erzeugen musste. Jede Gesellschaft ringt um die Verteilung der Mittel, die erarbeitet werden und bis zu einem gewissen Grad ist eine Solidarisierung zwischen Gebern und Nehmern unproblematisch und eine der wesentlichen Aufgaben der Politik. Wenn jedoch das Gefühl, ständig über den Tisch gezogen zu werden, über einen langen Zeitraum anhält, ist der Geber irgendwann nicht mehr dazu bereit. Dass sich die

17

wirtschaftlichen Unterschiede im ehemaligen Jugoslawien nicht nur geographisch, sondern aufgrund der Bevölkerungsstruktur in den Republiken auch ethnisch definieren ließen, machte diesen Zustand zu einem explosiven Gemisch.

Tito war eine der schillerndsten Figuren der europäischen Politik. Der Kroate Tito verbrachte die Hälfte des Jahres auf der Adriainsel Brioni. Kaum ein Staatsoberhaupt kann es sich leisten, soviel Zeit außerhalb der Hauptstadt zu verbringen. Der Kommunist Tito hielt Hof im ehemaligen Königspalast in Belgrad und in seiner Villa in Brioni, wohin auch die Würdenträger aus aller Welt kamen. Ein Museum auf der Insel erzählt stolz diese Geschichte. Interessanterweise war dieses Museum auch noch in den frühen 1990er Jahren geöffnet und Touristen erhielten eine kundige Führung. Tuðman war schon Präsident, das Museum war aber nicht geschlossen worden; vielleicht träumte er davon, eines Tages ebenfalls eine Figur vom Format Titos zu werden. Auf Brioni gibt es auch einen Park, in dem die Tiere gesammelt wurden, die Tito als Geschenk von den ausländischen Staatsgästen erhielt. Ein Kamel von Indira Gandhi war auch darunter, ich konnte es 1990 noch bewundern. Ob es noch lebt? Das Kamel war der sichtbare Ausdruck der Blockfreienbewegung. Tito der Europäer als Fürsprecher der kolonisierten Nationen Afrikas und Asiens. Nie zuvor und sicherlich nicht danach hatte Jugoslawien so ein großes Maß an internationalem Prestige aufzuweisen als in der Ära Titos. Dazu kam, dass es Tito augenscheinlich gelungen war, einen Kommunismus mit menschlichem Antlitz zu schaffen, in bewusster Abkehr vom sowjetischen Vorbild. Die Jugoslawen konnten frei ins Ausland reisen und dort Arbeit finden, was auch beträchtlichen Wohlstand ins Land brachte und so

· 18

das Antlitz - countenance, face, visage

den wirtschaftlichen Absturz verzögerte. Dieses glänzende Bild übertünchte die Realität, und das Ausland sah in Jugoslawien einen prosperierenden Staat, der so halbwegs der westlichen Welt zuzurechnen war. Von den inneren Konflikten drang praktisch nichts nach außen. Um so erschütternder wirkte dann der Ausbruch der Gewalt zu Beginn der 1990er Jahre, da niemand arauf vorbereitet gewesen war und es daher der Europäischen Gemeinschaft sehr lange nicht gelang, entsprechend zu reagieren.

Das Land "Südslawien" sammelte nicht nur Südslawen um sich, sondern auch ein Dutzend weiterer Völker und Ethnien, die sich allesamt keineswegs als Slawen definieren wollten. Im Diskurs der beiden größten slawischen Völker, der Kroaten und Serben, spielte das aber lange Zeit nur eine geringe Rolle. Wie konnte ein Land mit so vielen Widersprüchen überhaupt lebensfähig sein? Bereits einmal – 1941 – war Jugoslawien gescheitert. Nach dem Zweiten Weltkrieg errichtete Tito ein zweites, kommunistisches Jugoslawien. Alle Völker sollten gleichberechtigt sein und ihre eigene Republik erhalten. Übersehen wurde dabei geflissentlich, dass die Republiken nur den slawischen Völkern zugesprochen wurden.

Die kommunistischen Eliten in den sechs Republiken gebärdeten sich immer nationalistischer. Da die meiste Macht schrittweise auf die Ebene der Republiken verlagert worden war, saßen die kommunistischen Parteien in der Falle: vorrangig war, was der eigenen Republik nützlich war. Was der Vorteil der einen war, wurde im Gesamtgefüge fast zwangsläufig zum Nachteil der anderen. Der "Kosovo-Groschen", der alljährlich in den Schulen des ganzen Landes gesammelt wurde, sollte für überproportionierte Industrieprojekte im Kosovo verwendet werden,

übertünchen- to gild, paint over
geflissentlich- deliberately, intentionally
sich gebärden- to act, to behave

19

und bedeutende Mittel des Staatsbudgets wurden in die armen Regionen gepumpt. Gewaltige Anlagen wurden errichtet, jedoch ohne wirtschaftliche Vernunft. So hatte letztlich niemand etwas von dem verschwendeten Geld, die Sammelaktion sowie der zusätzliche Transfer von Geldern aus dem Gesamthaushalt steigerte jedoch kaum die Beliebtheit des Kosovo in den nördlichen Republiken und auch in Serbien selbst.

Nach dem Tode Titos wurde von der nunmehr kopflosen kommunistischen Führung die traurige Parole "*Posle Tita – Tito!*" ausgegeben: "*Nach Tito – Tito!*". Etwas Einfallsloseres hätte kaum gefunden werden können. Spätestens mit Ausgabe dieser Parole musste klar sein, dass auch das zweite Jugoslawien gescheitert war. Es gab keine Ideen, keinen Willen zur Neugestaltung der Föderation. Niemand wollte das Scheitern jedoch wahrhaben, aus Angst vor den absehbaren katastrophalen Folgen. Das System erstarrte, während die Interessen der Republiken unaufhörlich kollidierten. Ein Ausgleich war nicht mehr möglich, da sich alle Republiken gegenseitig blockierten, jeder dachte nur mehr an sich selbst und nicht mehr an das Wohl des Gesamtstaates.

Die Kommunisten waren angetreten mit dem Ziel, die nationale Frage nicht mehr zum Mittelpunkt der Gesellschaftsordnung zu machen und waren dennoch genau an dieser Frage gescheitert. In dem Versuch, die verschiedenen Völker Jugoslawiens in das kommunistische System zu integrieren, wurde ihnen die Eigenständigkeit zugesichert. So wurde eine mazedonische Nation noch in den Kriegstagen des Zweiten Weltkrieges anerkannt, um das in den Balkankriegen 1912/13 gewonnene Territorium im jugoslawischen Staat zu halten und den drohenden bulgarischen

Einfluss abzuwenden. Desgleichen wurde in den späten 1960er Jahren die "muslimische" Nation anerkannt, um ein Gegengewicht zu den zentrifugalen Tendenzen der in Bosnien lebenden Serben und Kroaten zu schaffen. Damit waren jedoch nicht die albanischen oder türkischen Muslime gemeint, sondern die slawischen Muslime in Bosnien-Herzegowina. In der letzten Verfassung der SFRJ von 1974 wurde diese Politik konsequent umgesetzt und die Nationen, das heißt die großen slawischen Nationen, erhielten ihre eigenen Republiken, in denen die eigentliche Macht im Staat lag. Wiederum ausgenommen von dieser Regelung waren die Kosovo-Albaner, denen lediglich eine autonome Provinz innerhalb Serbiens zugestanden wurde. Das musste jedoch ungerecht sein: So erhielten die knapp eine halbe Million zählenden Montenegriner eine eigene Republik zugesprochen, die mehr als drei Mal so vielen Albaner des Kosovo nicht. Diese fortgesetzte Verweigerung den nicht-slawischen Bewohnern gegenüber, die immerhin fast ein Drittel der gesamten Bevölkerung stellten, sollte sich als fatales Versäumnis erweisen.

Was zunächst als Faktor der Einigung dienen sollte, erhielt unweigerlich eine Eigendynamik, die schließlich den Gesamtstaat sprengte. Tito wurde vorgeworfen, diese Probleme nicht erkannt zu haben und durch die Verfassung von 1974 den Grundstein zur Zerstörung des Gesamtstaates gelegt zu haben. Tito hatte aber sehr wohl die Sprengkraft des Nationalismus erkannt. Was er daher anstrebte, war der unbedingte Machterhalt der kommunistischen Partei als Garant gegen den Nationalismus. Um die Herrschaft der Partei zu erhalten, zerlegte er sie in Republiksparteien und versuchte so die Quadratur des Kreises: Kommunisten mit nationalem Hintergrund, die sich durch die gemeinsame Ideologie verbunden fühlen und daher für

lediglich - merely, simply, only, solely
es besteht lediglich aus - it simply consists of
lediglich zur Information - FYI

das Gesamtwohl tätig sind. Dass dies nicht gelungen ist, ist weniger der mangelnden Einsicht Titos zuzuschreiben als vielmehr dem schlichten Egoismus der führenden Politiker auf Ebene der Republiken.

Die Wirtschaftskrise der 1980er Jahre erschütterte die Grundfesten dieses ohnehin bereits labilen Gebildes und ließ jeglichen Rest von Solidarität unter den Republiken zum Verschwinden bringen. Die unter Druck geratenen kommunistischen Führungen mussten das Volk von der eigenen Unfähigkeit ablenken und stilisierten die anderen Völker zum Sündenbock für die wirtschaftliche Misere. In einem solchen Klima hatten Politiker wie Tuđman in Kroatien und Milošević in Serbien ein leichtes Spiel. Der letzte Akt des Dramas konnte beginnen.

labil - deficient, unstable, weak

SLOWENIEN

Grenze Slowenien-Österreich, Sommer 1991

Der Karawankentunnel war erst wenige Monate zuvor fertiggestellt worden und sollte die Freundschaft zwischen Österreich und der Sozialistischen Föderativen Republik Jugoslawien demonstrieren. Ein Abkommen zwischen den beiden Ländern hatte den Bau dieses Tunnels vorgesehen, um es den Bewohnern beider Staaten leichter zu machen, in das andere Land zu reisen. Völkerverständigung mittels Asphalt und Röhre.

Als ich mich dem Karawankentunnel von der österreichischen Seite im Sommer 1991 näherte, war von Völkerverständigung keine Spur. Nervosität lag in der Luft, nur wenige Reisende waren zu sehen. Unmittelbar hinter der österreichischen Grenzkontrolle, vor dem Tunnel, standen gepanzerte Fahrzeuge und schwerbewaffnete slowenische Soldaten, desgleichen am Tunnelende, auf der slowenischen Seite. Noch war Slowenien formell Bestandteil der SFRJ, die Bundesbehörden und die Armee waren jedoch bereits abgezogen.

Auf der Weiterreise Richtung Kroatien waren die Spuren des 10-Tage-Krieges von Juni 1991 noch immer zu sehen, vor jeder Brücke stand ein verbrannter Lastwagen. Diese Lastwagen waren von den Slowenen requiriert und als Hindernis für die Panzer der Volksarmee auf den Brücken aufgestellt worden. Auch ausländische Lastwagen gerieten so zwischen die Fronten. Die Panzer der abziehenden Armee schossen die Lastwagen in Brand, um sich den Weg freizumachen. Brandgeruch lag auch einige Zeit nach den Kämpfen noch in der Luft.

unmittelbar - direct(ly), immediate, straight, immenent

Ansonsten hatte der nur zehn Tage dauernde Krieg wenig Verwüstung in Slowenien hinterlassen. Es war deutlich, dass die Volksarmee nicht bereit war, ihre Anwesenheit auf dem plötzlich zum Feindesland gewordenen Slowenien zu verteidigen. Nach einer Machtdemonstration, die vor allem gegen Kroatien gerichtet war, zog die Volksarmee Richtung Süden ab. Slowenien hatte das Glück, dass es dort keine autochthone serbische Bevölkerung gab. Der Ruf nach Groß-Serbien hatte nie nach Slowenien gereicht und schon frühzeitig hatte die serbische Führung unter Milošević diese Republik aufgegeben.

Beim 14. Parteitag des Bundes der Kommunisten 1989 in Belgrad war der Auszug der slowenischen Kommunisten das Fanal der Auflösung Jugoslawiens gewesen. Die kroatischen Kommunisten wollten es zunächst nicht auf die Spitze treiben, schlossen sich den Slowenen dennoch an, aus Furcht, in einem von Serbien dominierten kommunistischen Bund zu verbleiben. Die einst allmächtige Partei hörte damit de facto auf zu existieren. Lapidarer Kommentar Milošević: "Die ordentlichen Slowenen haben bereits in der Früh ihre Zimmer bezahlt, um sich die Kosten für eine weitere Übernachtung zu sparen", will heißen, die Slowenen hätten ihren dramatischen Abgang von langer Hand vorbereitet. Das aber schien nur logisch. Lange rangen die slowenischen Kommunisten mit ihrer Entscheidung. Sie waren sich bewusst, dass sie mit einem Auszug aus dem Parteikongress den Anstoß zur Auflösung Jugoslawiens geben würden und dafür auch beschuldigt würden. Die kroatischen Kommunisten lagen ebenfalls schon längere Zeit im Streit mit Belgrad, waren sich aber gewärtig, dass es ihnen nicht so leicht fallen würde, die Föderation zu verlassen. Die substanzielle serbische Minderheit in der Krajina und Ost-Slawonien beschwor ein Eingreifen Belgrads für den Fall herauf, dass Kroatien sich ebenfalls selbständig machte. Angesichts des Auszugs der Slowenen mussten auch die Kroaten reagieren, ansonsten hätten sie sich kampflos Belgrad unterordnen müssen. Die Würfel waren gefallen. Auf den Aufnahmen, die während des Kongresses gemacht wurden, sind deutlich die grimmige Entschlossenheit, aber auch die Ratlosigkeit und gegenseitige Antipathie der Akteure zu erkennen, die doch derselben Partei angehörten.

Der Widerstand gegen den Belgrader Kommunismus und die Versuche der neuen, nationalistisch orientierten kommunistischen Führungsriege Serbiens, Jugoslawien wieder in einen zentralistisch regierten Staat zu verwandeln, ging also vor allem von Slowenien aus. Das kleine Alpenland versuchte dennoch lange Zeit, den Gesamtstaat zu erhalten und gab sich wiederholt die Mühe, Alternativmodelle zu entwerfen und zu propagieren. Slowenien wollte und konnte nicht einsehen, dass seine im Vergleich zu den anderen Republiken große Wirtschaftskraft zur Finanzierung einer kommunistischen Clique in Belgrad, die sich dem Nationalismus verschrieben hatte, verwendet würde. Daneben spielten aber auch grundlegende Unterschiede im Temperament zwischen den Slowenen und den Serben eine große Rolle. Katholisch dominiert und Jahrhunderte Teil des Franken- und danach des Habsburgerreiches, hatten Begriffe wir Staat, Nation, Freiheit, Solidarität einen völlig anderen Inhalt als in Serbien, das viele Jahrhunderte Teil des osmanischen Reiches war und sich seine Eigenständigkeit blutig und zäh erkämpft hatte.

Das ehemalige Jugoslawien ist von einer kulturellen Trennlinie geprägt, die sich zwar durch ganz Europa zieht, aber im Falle Jugoslawiens ein Land, welches bis 1918 keines war, in mindestens drei unterschiedliche Kreise teilt:

Die Würfel sind gefallen

grimmig- fierce, ferocious, furious, grim

25

① die katholischen Slowenen und Kroaten, traditionell nach Wien bzw. ② Mitteleuropa ausgerichtet; die orthodoxen Serben, Montenegriner, Makedonen, nach Byzanz und in gewissem Grad nach Moskau orientiert; die ③ moslemischen Slawen (Bosniaken, Gorani) und Albaner, nach Istanbul und Mekka orientiert, wobei diese beiden Gruppen wiederum schwerlich als zusammengehörend bezeichnet werden können. Die zahlreichen Minderheiten wie Deutsche, Slowaken, Ruthenen in der Vojvodina, Türken im Kosovo und Makedonien, Roma und Sinti vor allem in Serbien komplizieren die Situation, können aber ihrerseits jeweils einem der drei Kreise zugeordnet werden. Diese Kreise bedingen neben kulturellen Unterschieden vor allem auch grundsätzlich unterschiedliche Auffassungen von Staat, Zivilgesellschaft, Außenbeziehungen, die auf einem so kleinen Raum starke zentrifugale Kräfte entwickeln müssen. Die Aufgabe der Politik wäre es gewesen, einen perpetuellen Ausgleich zu schaffen.

So ist es kein Wunder, dass der Zerfall des Landes auch die internationale Gemeinschaft geradezu unheilvoll mit einbeziehen musste, alte, längst überwunden geglaubte Achsen traten unerwartet wieder hervor. Österreich und Deutschland unterstützten reflexartig die katholischen, mitteleuropäisch orientierten Slowenen und Kroaten, woraufhin Frankreich und Großbritannien ebenso reflexartig in eine Verhaltensweise verfielen, die aus der Zeit vor dem Ersten Weltkrieg stammte. Die zu dieser Zeit ebenfalls zerfallende Sowjetunion und ihr Nachfolger Russland wandten sich ohne Zögern den orthodoxen Serben zu, ebenso wie die orthodoxen Griechen, was dem Streit in der damaligen EG eine dritte Dimension hinzufügte, die noch keineswegs überwunden ist – man denke an die Frage Makedonien. Die Türkei, der Iran, aber auch Saudi-Arabien entdeckten ihre moslemischen Glaubensbrüder auf dem Balkan und versuchten, sich für deren Interessen einzusetzen. Die drei Kreise hatten also rasch ihre natürlichen Gravitationszentren wiedergefunden, wodurch der Lauf der Dinge beschleunigt wurde. Tito hatte versucht, sein Land sowohl aus der sowjetischen, der westlichen und auch islamischen Welt herauszuhalten und zwischen ihnen zu lavieren. Daher wäre es verfehlt zu behaupten, die Anerkennung Sloweniens und Kroatiens durch Österreich und Deutschland hätte den Zerfall Jugoslawiens bewirkt. Der Patient war schon lange krank gewesen, streng genommen seit seiner Geburt.

Die Idee der Vereinigung der süd(jugo-)slawischen Völker geht auf den aufkeimenden Nationalismus im Gefolge der Französischen Revolution zurück. Die Slawen auf dem Balkan – aus Sicht der anderen Slawen Europas "Südslawen" – waren zu Beginn des 19. Jahrhunderts noch zwischen dem Habsburgerreich und dem Osmanischen Reich aufgeteilt. Was bis dahin kein Kriterium des Gefühls der Zusammengehörigkeit gewesen war, die Sprache nämlich, rückte im Gefolge der Französischen Revolution in den Vordergrund der Selbstidentifizierung. Zuvor war vor allem im osmanischen Reich die Religionszugehörigkeit das entscheidende Kriterium der Stellung in der Gesellschaft gewesen, im Habsburgerreich die Zugehörigkeit zu einem Stand.

Unter einer Vielzahl von nationalistischen Ideen entwickelte sich zunächst vor allem in Kroatien im 19. Jahrhundert die Idee der Vereinigung aller Südslawen in einem Staat. Führende Denker waren Bischof Josip Juraj Strossmayer und Ljudevit Gaj, die nach dem aus kroatischer Sicht enttäuschenden Ausgleich zwischen Österreich und Ungarn von 1867 eine Stoßrichtung des slawischen Natio-

27

nalismus suchten. Ihnen schwebte die Errichtung einer südslawischen Föderation vor, in der alle südslawischen Völker gleichberechtigt sein sollten. Einige Jahrzehnte zuvor war es Serbien unter Đorđe Petrović, genannt Karađorđe (Schwarzer Georg, was für ein seltsamer, orientalisch anmutender Name!) und Miloš Obrenović gelungen, sich schrittweise aus dem osmanischen Staatsverband zu lösen, bis 1878 durch den Berliner Kongress die internationale Anerkennung der Unabhängigkeit erreicht werden konnte. Das erstarkende Serbien definierte sich ebenfalls primär über die Sprache, und der Blick über die damals noch engen Grenzen Serbiens führte notgedrungen zu den slawischen Gebieten der Habsburgermonarchie. (Die Bulgaren wurden in der Frühphase der Ideen-Entwicklung auch in die südslawische Idee eingeschlossen, was jedoch in der Folge keine konkreten politischen Folgen zeitigte. Tito liebäugelte wieder mit dieser Idee, woraus aber ebenfalls nichts Konkretes erwuchs). Ilija Garašanin, serbischer Innenminister, entwickelte 1844 ein Geheimpapier, in welchem er König Aleksandar die Vereinigung aller Serben als Ziel der Außenpolitik vorschlug. Die Zielsetzung Serbiens war zunächst für lange Zeit die Vereinigung aller Serben auf Kosten des osmanischen Reiches und Österreich-Ungarns. Später wurde die Vereinigung aller Südslawen in einem von Belgrad kontrollierten Staat das Ziel der serbischen Politik.

Als folglich Kroaten und Slowenen einerseits und Serben andererseits von "Jugoslawien" sprachen, waren damit eigentlich zwei entgegengesetzte politische Vorstellungen verknüpft: Kroaten und Slowenen erhofften sich durch die Gründung eines jugoslawischen Staates den gleichberechtigten Status, der ihnen seit Jahrhunderten verwehrt war. Die Serben hingegen erhofften sich eine Ausweitung des serbischen Staates auf alle Südslawen, die bislang entweder von Wien oder Konstantinopel[1] aus regiert wurden. Als am 1. Dezember 1918 der Staat der Serben, Kroaten und Slowenen (SHS-Staat) gegründet wurde, gingen die beiden wichtigsten Gruppierungen des neuen Staates also mit konträren Vorstellungen über die Erfüllung von Interessen und damit der Verfassung in diesen neuen Abschnitt der Geschichte. Bezeichnenderweise wurde erst am 28. Juni 1920 (am jenem Namenstag des St. Vitus[2], an dem 1389 die Schlacht auf dem Kosovo gegen die Osmanen verloren wurde, 1918 Thronfolger Franz Ferdinand ermordet wurde und Slobodan Milošević 1989 den Krieg in Jugoslawien einläutete) eine Verfassung verabschiedet. Diese war zentralistisch ausgerichtet und wurde ohne Beteiligung der nicht-serbischen Parteien (diese hatten die am erst am 28. November 1920 gewählte Versammlung bereits wieder verlassen) verabschiedet und trug damit den Keim der folgenden erbitterten, ja blutigen, Auseinandersetzungen zwischen Zagreb und Belgrad während der Zwischenkriegszeit in sich. Serbien verfügte im Gegensatz zu den anderen Völkern alleinig über eine Armee, was der serbischen Vorstellung von der Zukunft des gemeinsamen Staates das entsprechende Gewicht verschaffte. Darüber hinaus lebten Slowenien und Kroatien unmittelbar nach Zerfall der Habsburgermonarchie in der Furcht einer Aggression Österreichs, Ungarns sowie Italiens und sahen in der Anlehnung an Serbien ihre einzige Überlebenschance. In der Folge verschärften sich die Spannungen zwischen den Kroaten und Serben derart, dass der Staat nur mehr durch eine Königsdiktatur zusammengehalten werden konnte.

---

1. Bis zum Ende des osmanischen Reiches lautete der Name der Stadt auch auf Türkisch Konstantinopel
2. Vidovdan auf serbisch

Unter dem Druck Hitler-Deutschlands zerbrach 1941 das erste Jugoslawien (der Name wurde bezeichnenderweise erst 1929 von König Aleksandar im Rahmen eines Putsches von oben oktroyiert) in einen kroatischen und serbischen Teil, welche sich in den kommenden Jahren bis aufs Blut bekämpften. Der Bürgerkrieg wurde nicht nur zwischen den beiden Völkern, sondern auch zwischen Königstreuen und Kommunisten, den Partisanen unter Tito, ausgetragen. Erfolgreich waren letztlich aufgrund massiver britischer Hilfe die Partisanen, die jegliche Opposition in den frühen Jahren des zweiten Jugoslawien brutal ausschalteten. Die Gründung des zweiten Jugoslawien erfolgte wieder mit Waffen. Dies waren keine guten Voraussetzungen für die Dauerhaftigkeit des Zusammenlebens.

bezeichnenderweise- significantly
oktroyieren - to force/impose
jdm etwa oktroyieren

KROATIEN

Zagreb, Sommer 1991

Inmitten des Krieges zwischen der Jugoslawischen Volksarmee und den bewaffneten kroatischen Kräften wurde der Luftraum für Flüge von Wien nach Zagreb am 1. Juli 1991 für einen Tag geöffnet. Nur wenige Tage zuvor waren jugoslawische Kampfflieger in österreichischen Luftraum eingedrungen, um auf der Höhe von Graz umzukehren und von Österreich aus slowenische Grenzstationen zu beschießen. Diese Form des Angriffs wurde offenbar gewählt, um nicht von Slowenien aus Richtung Österreich zu schießen. In Österreich herrschte verständlicherweise dennoch helle Aufregung über diese eklatante Verletzung des Luftraumes. Der Krieg um die Aufteilung Jugoslawiens war damit unmittelbar bis nach Österreich gelangt.

Am 26. Juni 1991 hatten Slowenien und Kroatien ihre Unabhängigkeit erklärt. Der Krieg mit Slowenien war der einzige der jugoslawischen Nachfolge-Kriege, der Österreich so direkt betraf. Die Slowenen hatten handstreichartig die Grenzstellen zu Österreich und Ungarn besetzt, was die scharfe Reaktion Belgrads hervorgerufen hatte. Dennoch hatte Belgrad immer erklärt, die Slowenen könnten Jugoslawien verlassen, wenn sie dies unbedingt wollten. Erleichtert wurde diese Entscheidung wie erwähnt dadurch, dass es in Slowenien – im Gegensatz zu Kroatien und Bosnien-Herzegowina – keine autochthone serbische Minderheit gab (lediglich neu angesiedelte Funktionäre von Armee und Polizei).

eingedrungen- infiltrated

Wegen der unmittelbaren Nachbarschaft hatte Österreich schon seit langem Konsulate in Ljubljana und Zagreb. Aufgrund der dramatischen Ereignisse im Frühsommer 1991 sollte das Konsulat in Zagreb um einen Diplomaten verstärkt werden. An dem Tag, an dem der Luftraum geöffnet wurde, flog ich daher von Wien nach Zagreb. Die Maschine war praktisch leer, der Flug war sicher kein Geschäft und ich wunderte mich, warum er überhaupt durchgeführt wurde. Am Flughafen Zagreb wurde die Einreise noch von jugoslawischen Organen kontrolliert, nicht von Kroatien. Der Empfang war nicht gerade freundlich, aber immerhin wurde ich eingelassen. Als Österreicher musste ich den Bundesbehörden besonders suspekt erscheinen, war doch die österreichische Politik keineswegs auf den Erhalt des jugoslawischen Bundesstaates ausgerichtet. In der Stadt war Entschlossenheit zu spüren, an buchstäblich jedem Haus hing eine kroatische Fahne. Am Hauptplatz drängten sich unzählige Menschen vor den Ständen, die kroatische Devotionalien verkauften, mehr oder geschmackvolle waren darunter. In Bäckereien waren Torten mit dem rot-weißen Schachbrettmuster und dem Wappen Kroatiens ausgestellt, in den Buchhandlungen gab es nur Literatur über Kroatien. Kroatische Musik dröhnte aus Lautsprechern. An allen Kreuzungen waren Sandsäcke aufgehäuft und zu teilweise bemannten und bewaffneten Stellungen ausgebaut.

Am Abend war aus der Ferne Feuer aus Maschinengewehren zu hören. Die Geschäfte waren leer und ausgestorben, nur die Cafés und Bars waren ständig belebt. Auf den ersten Blick konnte man sich kaum vorstellen, dass im Lande Krieg herrschte. Im ORF und anderen ausländischen Fernsehsendern wie CNN wurde Panik verbreitet: Als der Krieg in Slawonien ausbrach, ließen die Berichte glauben, die jugoslawische Armee überrolle Slawonien und sei in wenigen Tagen in Zagreb zu erwarten. Die Kollegen des Konsulats und ich hingen abends an den Fernsehgeräten und kamen uns schizophren vor. Während in Zagreb kaum etwas vom Krieg wahrzunehmen war, bekamen wir die täglichen Bilder von Kämpfen zu sehen, die nur wenige Fahrstunden entfernt stattfanden. Nach den Nachrichten gingen wir schnell in die Stadt, um uns von der Realität, so wie wir sie sehen wollten, überzeugen zu können. Dasselbe tat die Bevölkerung und begab sich in einen Zustand ständigen Feierns, um die Realität verdrängen zu können. Über den Krieg wurde in den Cafés nicht gesprochen, wohl aber über das Erwachen der Nation. Man wollte nicht wahrhaben, dass das eine ohne das andere unter den gegebenen Umständen kaum zu verwirklichen war. Es war vielleicht wie zu Beginn des Ersten Weltkrieges, als die Massen in allen Ländern Europas den Krieg als eine willkommene, und vor allem kurze, Unterbrechung des langweiligen Alltags begrüßten. Naivität ist offenbar eine Eigenschaft, die jeder Generation zu eigen ist.

Wenige Tage nach meiner Ankunft in Zagreb begann die jugoslawische Luftwaffe, nachdem der Krieg in Slowenien verloren war, zu regelmäßigen Zeiten Kampfflieger im Tiefflug über Zagreb donnern zu lassen. Sobald die Alarmsirenen ertönten, war bereits das Zischen und Krachen der Jets über den Köpfen zu hören, sodass wir es schließlich aufgaben, uns in den Bunker zu begeben. Es wäre ohnedies zu spät gewesen. Die Kroaten verfügten nicht über die notwendigen technischen Einrichtungen der Luftraumüberwachung und konnten offenbar nur mit dem Fernglas herannahende Flugzeuge erkennen und erst dann Alarm auslösen. Oft gab es aber Alarm, ohne dass etwas geschah; wir bekamen den Eindruck, dass auch versucht wurde,

die Eigenschaft- feature, quality, trait, attribute
eigen- distinct, appropriate

Panik in der Bevölkerung auszulösen, um sie enger an die Führung zu binden. Die Stimmung in der Stadt wurde daher mit jedem Tag angespannter, und serbische Heckenschützen begannen, die Bevölkerung in den Straßen zu tyrannisieren. In Stadtplänen verzeichneten wir die Straßen, von denen wir wussten, dass in ihnen geschossen wurde. Die berüchtigte serbisch-nationalistische Geheimorganisation *Schwarze Hand* (die seinerzeit auch in das Attentat auf Franz Ferdinand in Sarajewo verwickelt war), oder zumindest jemand, der sich so nannte, hatte uns Angehörige des Konsulates ausfindig gemacht und terrorisierte uns mit Drohanrufen am privaten Telefon, deren Nummern nicht allgemein zugänglich waren. Wir mussten diese Drohungen daher ernst nehmen, konnten uns aber letztlich nicht gegen allfällige Übergriffe schützen. Es ist als Wunder zu werten, dass in der Zeit dieser Auseinandersetzungen kein österreichischer Vertreter zu Schaden kam. Als die kroatische Regierung im September die Generalmobilmachung anordnete, war die Stimmung endgültig am Explodieren.

Wenn wir nichts anders zu tun hatten, vor allem am Wochenende, setzten wir uns doch in den Bunker. Durch einen Zufall war dies genau der Bunker, der auch dem ehemaligen Diktator Kroatiens, Ante Pavelić, als Unterschlupf diente: das Nebengebäude des Konsulats war einst die Villa von Pavelić und beide Häuser teilten sich denselben Bunker. Als wir diesen öffneten, war dies das erste Mal seit dem Zweiten Weltkrieg. Alles stand unter Wasser, die Türen und Luftleitungen hoffnungslos verrostet. Feucht und kalt war dieser Raum, der unseren einzigen einigermaßen verlässlichen Schutz darstellte. Wir hörten laute Musik, um die dauernd heulenden Sirenen zu übertönen, wir

der Heckenschütze — sniper
die Heckenschützin

wussten nie, ob ge- oder entwarnt wurde. Die Stimmung war makaber.

Wenn ein wenig Ruhe in diesem Kampfgeschehen eingetreten war und wir etwas aus der Stadt hinaus wollten, suchten wir die Moschee auf. Zuerst glaubte ich an einen Scherz, als es hieß, wir fahren zur Moschee. In Zagreb? – Ja, natürlich! Viele Bosniaken und Kosovo-Albaner waren in den Jahren seit dem Zweiten Weltkrieg in den reicheren Norden emigriert, um dort Arbeit zu finden. In den siebziger Jahren waren diese in Zagreb so zahlreich geworden, dass man eine Moschee errichten wollte. Die sozialistische Regierung Kroatiens wollte die finanziellen Mittel dafür nicht aufbringen, so bezahlte schließlich der lybische Revolutionsführer Gaddhafi den Bau. Ein erstes Aufflackern der Einmischung fundamentalistischer islamischer Kreise im ehemaligen Jugoslawien. Die Moschee lag südlich der Stadt, in der Ebene. Die Gegend erinnerte mich an das ägyptische Nildelta, und ich war begeistert von der Abwechslung. Zwei große Halbkugeln bildeten den Zentralraum des Gebäudes, dazu das Minarett und eine Terrasse, an die ein Restaurant angeschlossen war. Ich fand die Moschee architektonisch gelungen, jedenfalls besser als die meisten der sozialistischen Bauten. So verbrachten wir also mehrere Abende des warmen Sommers auf dieser Terrasse und aßen bosnischen Eintopf. Als beim Sonnenuntergang die Stimme des Muezzin ertönte, waren Zagreb und der Krieg unendlich weit entfernt. Von meinem Aufenthalt in Zagreb ist mir die Erinnerung an diese Abende die schönste geblieben. Inmitten des Hexenkessels Zagreb blieb die Moschee ein Platz der Kontemplation und der Ruhe, ein echtes Gebetshaus.

Das triumphierende Geheul der Regierung und der agitierten Öffentlichkeit anlässlich der Unabhängigkeitserklä-

der Scherz – joke, frolic, fun, banter
die Gegend – area, region, district

rung war zunächst der Realitätsverweigerung, dann der Panik und schließlich der Apathie gewichen. Viele begannen sich zu fragen, ob die Sache mit der Unabhängigkeit den Krieg mit dem gleichzeitigen Verlust eines Drittels des Landes rechtfertigte. Aber diese Stimmen wurden nicht gehört, und die Konfrontation nahm unbeirrt ihren Lauf.

Im Ausland herrschte Fassungslosigkeit. Bisher hatte man den Begriff Jugoslawien mit Urlaub am Meer, Ćevapčići und in politischen Kreisen mit Blockfreiheit und einer angenehmeren Variante des realen Sozialismus assoziiert. Kaum jemand außerhalb ahnte etwas vom babylonischen Gewirr im Lande, das deswegen kaum zu entschlüsseln war, da die Protagonisten der ersten Phase des Zerfalls Jugoslawiens, die Kroaten und Serben, doch gleich waren. Zumindest schien es so: gleiche Sprache, alle waren Jugoslawen. Im Tito-Jugoslawien hatten die Unterschiede im Land nach außen hin keine Rolle gespielt. Alle waren Jugoslawen, Fragen der Zugehörigkeit zu einer Nation oder Religion in einem sozialistischen Land formell ohne Bedeutung. Letztlich aber scheiterte Tito an der Nichtbewältigung der nationalen Frage, indem er sie zunächst verdrängte, ihr dann aber freien Lauf ließ. Nach dem Zweiten Weltkrieg wurde die scharfe und während des Krieges blutige Auseinandersetzung zwischen Kroaten und Serben, zwischen Serben und Kosovo-Albanern und so weiter mit der Tünche der "Brüderlichkeit und Einheit" überdeckt. Eine Diskussion über die begangenen Verbrechen und deren Ursachen war nicht erwünscht und fand nicht statt. Die Konflikte wurden daher nicht aufgearbeitet und geheilt, sondern lediglich auf die folgenden Generationen übertragen und blieben immer unter der Oberfläche akut. Die verantwortungslose Politik Zagrebs und Belgrads hatte die Konflikte wieder an das Tageslicht gebracht.

etw an das Tageslicht bringen.

Zagreb, Präsidentenpalast, August 1991

Österreich hatte sich also auf die Seite Kroatiens geschlagen und im Vorfeld der bewaffneten Auseinandersetzungen versucht, die kroatischen Interessen bestmöglich zu unterstützen. Um ein genaueres Bild der Bedürfnisse der kroatischen Regierung in Erfahrung zu bringen, reiste eine Delegation österreichischer Parlamentarier nach Zagreb. Der wichtigste Gesprächspartner war Präsident Tuđman. Er war auf der Welle des Nationalismus wenige Monate zuvor in sein Amt gehievt worden und unternahm alle erdenklichen Anstrengungen, die kroatische Staatlichkeit zu unterstreichen. Bei offiziellen Auftritten trug er stets eine überdimensionierte Schärpe in den Nationalfarben, das rot-weiße Schachbrettmuster war allgegenwärtig. Wir fuhren in die Altstadt hinauf, wo der Amtssitz des Präsidenten lag. Vor dem Präsidentenpalast standen zwei Soldaten in knallroten Uniformen mit einer Unmenge von goldenen Kordeln sowie einer seltsam geformten Kappe und einer Art Hermelinüberwurf. Als wir eintrafen, vollführten die zwei Soldaten groteske Bewegungen, mit denen wir offenbar begrüßt werden sollten. Es wurde uns später glaubhaft versichert, dass Tuđman selbst die Uniformen und die Abfolge der Bewegungen der Soldaten selbst entworfen hatte. Die Sicherheitsvorkehrungen beim Eingang des Gebäudes waren enorm, die Nervosität war groß in diesem Zentrum der Macht. Wir wurden durch enge Gänge in den ersten Stock des Gebäudes geführt und mussten nicht lange auf Tuđman warten. Er konnte es offenbar nicht abwarten, eine ausländische Delegation zu empfangen. Jeder offizielle Besucher aus dem Ausland unterstrich in dieser Zeit, als Kroatien formell noch Bestandteil des jugoslawischen Staates war, den Anspruch dieser Republik auf die Errichtung eines eigenen Staates. Tuđman war eine beeindruckende Persönlichkeit, die aber ein Gefühl der Beklemmung bei mir auslöste. Groß gewachsen und bis zur Arroganz selbstbewusst vermittelte er jedenfalls den Eindruck, bei der Auseinandersetzung mit Belgrad zu allen Mitteln bereit zu sein. Sein Blick war kalt, sein Händedruck fest, aber kurz. Kaum ein Wort kam ihm bei der Begrüßung über die Lippen, sein Mund zeigte nur das für ihn so charakteristische Lächeln, das seinem Zynismus den treffenden Ausdruck verlieh. Neben ihm waren sämtliche Anwesenden seines Stabes zu bloßen Statisten degradiert, von Teamgeist oder gar Freude an der Arbeit war nichts zu spüren, nur Verbissenheit.

Wir wurden in den Sitzungssaal geleitet, wo wir an einem monströsen Tisch Platz nahmen, der wohl ein Relikt aus der nicht fernen kommunistischen Zeit war. Die österreichische Delegation erkundigte sich nach den Problemen Kroatiens und wie man am besten helfen könne. Damit war natürlich unausgesprochen der Einsatz politischer und diplomatischer Mittel gemeint. Um so größer das Entsetzen, als Tuđman zu einer emotionalen Suada über die seit dem Mittelalter existierende staatliche Souveränität Kroatiens anhob und zwischendurch unablässig die Lieferung von Waffen forderte, um im epochalen Kampf mit den Serben Chancengleichheit zu haben. Diese Antwort war offenkundig nicht im Entferntesten erwartet worden und eine unangenehme Stille machte sich breit, als Tuđman endlich geschlossen hatte. Selten habe ich erlebt, wie zwei Gesprächspartner so vollkommen aneinander vorbeiredeten. Jedenfalls schien der kroatische Präsident unerschütterlich entschlossen, den Kampf mit den Serben bis zum Untergang einer der beiden Seiten zu führen. Im Lichte dessen war die massive Einmischung Kroatiens in den

die Beklemmung- anxiety, trepidation

Krieg in Bosnien-Herzegowina und die energische Rückeroberung der aufständischen serbischen Gebiete Kroatiens
im Sommer 1995 keine Überraschung.

Das Waffenproblem löste sich für Tuðman letztlich auf
eine bequeme und billige Weise: als der Konflikt im ehemaligen Jugoslawien begann, reagierte die internationale
Staatengemeinschaft mit der sicherlich diskussionswürdi-
gen Entscheidung, ein Waffenembargo für diesen Raum
zu verhängen. Da die Serben über die gesamte militärische
Macht der Volksarmee verfügten, traf dieses Embargo die
sezessionswilligen Republiken bzw. in Bosnien-Herzegowina vor allem die Moslems. Mit dem Ausbruch des Krieges 1992 fanden diese in ihren Brüdern in Saudi-Arabien
und Iran willige Verbündete, die bereit waren, in Umge-
hung des Embargos Waffen zu liefern. Die geographischen Verhältnisse brachten es mit sich, dass Kroatien
zwangsläufig zum Transitland für diese Waffenlieferungen
wurde. Als Gebühr für diese Dienstleistung wurde von
Kroatien ein Drittel der Waffen und der Munition einbe-
halten und damit die eigene Armee ausgerüstet, die gleich-
falls dem Waffenembargo unterlag und sich nicht auf dem
freien Markt versorgen konnte.

Nach dem Gespräch mit Tuðman konnte ich mich des
Eindrucks nicht verwehren, dass die Begeisterung für die
kroatische Sache einen Dämpfer bekommen hatte, vor
allem herrschte Entrüstung über die unverhohlene Gier
nach Waffen und den militanten Aussagen. Die Heftigkeit
des kommenden Blutvergießens warf bereits ihre Schatten
voraus.

Wenige Wochen später wurde der Präsidentenpalast in
der Altstadt von Kampfflugzeugen der jugoslawischen
Volksarmee bombardiert und nur wie durch ein Wunder

unverhohlen- blatant, unashamedly   39
die Gier- greed, lust, avarice

überlebte Tuðman diesen Angriff. Die Volksarmee war genau über seinen Terminplan informiert gewesen und verfehlte ihr Ziel nur knapp. Der beschädigte Palast war zum beredten Symbol für die Verwundbarkeit des kroatischen Staates geworden. Die Distanz zwischen dem Stadtzentrum und dem österreichischen Konsulat war nicht allzu groß und wir hatten ständig die Befürchtung gehabt, dass das Regierungsviertel im Zentrum früher oder später angegriffen würde und dass eventuell fehlgeleitete Bomben auch bei uns einschlagen konnten. Als der Sitz des Präsidenten schlussendlich getroffen wurde, war uns zwar nicht wohl zumute, die Gefahr einer fehlgeleiteten Bombe, die uns schaden könnte, reduzierte sich dadurch allerdings wesentlich. In einer solchen Extremsituation, die zweifellos etwas Neuartiges für mich darstellte, nahmen die Gedanken bisweilen einen eigenwilligen Weg. Nach jedem Alarm, insbesondere nach jedem Angriff waren wir heilfroh, dass uns nichts passiert war. Dies bedeutete aber zugleich, dass ein Angriff woanders stattgefunden hatte und vielleicht Menschen zu Schaden gekommen waren. Aber davon wollten wir nichts wissen und verdrängten es. Im Bunker sitzend dachte ich oft, die Bomben mögen überall, nur nicht bei uns einschlagen.

Sektor Ost, September 1995

Seit der Errichtung der Serbischen Republik Krajina in Ost-Slawonien 1991, die von der sinnlosen Zerstörung Vukovars und anderer Städte begleitet wurde, war dieses Gebiet Sperrzone. Die Vereinten Nationen überwachten die Demarkationslinie zwischen dem sogenannten Sektor Ost gegenüber Kroatien und Rest-Jugoslawien.

bereden– to argue

Für Reisende war der Sektor jahrelang gesperrt, das heißt die früher wichtigste Verbindung in Jugoslawien, zwischen Zagreb und Belgrad, war unpassierbar. Die Autobahn, die beide Städte verband, hieß ironischerweise "Brüderlichkeit und Einheit", das Staatsmotto des Tito-Jugoslawien. Im September 1995 wurde diese Strecke erstmals wieder für ausländische Diplomaten geöffnet. Ich beschloss, Warnungen in den Wind zu schlagen und aus Neugier die Strecke zu befahren. Die Fahrt auf der Autobahn von Belgrad Richtung Kroatien war unbeschwerlich, da es keinen Verkehr gab. Je näher ich der Demarkationslinie kam, um so ausgestorbener und unheimlicher wurde die Straße. Vögel und andere Tiere, die sich auf der Straße niedergelassen hatten, wurden von mir aufgescheucht, Menschen waren weit und breit keine zu sehen, auch nicht auf den umliegenden Feldern. Unverdrossen verwiesen die Schilder in Richtung Zagreb und gaben die Entfernung dorthin an, die Kilometerangaben am Straßenrand bezogen sich weiterhin auf die alte jugoslawisch-österreichische Grenze, was völlig sinnentleert war. Knapp vor der Grenze musste eine Mautstation passiert werden und ich erwartete einen offenen Schranken. Zu meinem Erstaunen war die Station besetzt. Eine Trotzreaktion des Regimes in Belgrad, das nicht wahrhaben wollte, dass es nichts mehr zu fahren gab, dass die einstige Lebensader tot war? Der bedauernswerte Mann in der Station sah mich entgeistert an und fragte mich nach meinem Reiseziel. Als er erfuhr, dass ich tatsächlich nach Zagreb und dann weiter nach Österreich fahren wolle, bekreuzigte er sich und wünschte mir, sichtlich von Herzen, eine gute Fahrt. Das gleiche passierte an der Grenze, nur wenige hundert Meter von der Mautstation entfernt. Es fiel auf, dass die ausgebaute Autobahn genau an der

unverdrossen– valiant(ly), assiduously 41

Warnung in den Wind schlagen

weit und breit

Grenze endete. Offenbar war Kroatien schon lange Zeit nicht mehr am Ausbau dieses Verkehrsweges interessiert. Politik mit Asphalt. Die serbischen Grenzbeamten waren betont freundlich, aber gleichzeitig besorgt über mein Ansinnen weiterzufahren. Gehindert wurde ich aber nicht. Mit weiteren, ehrlich gemeinten Wünschen für eine gute Fahrt näherte ich mich in gespannter Erwartung der Kontrollstelle der Vereinten Nationen.

Die Straße war nunmehr völlig desolat, Betonsperren und meterhoher Stacheldraht blockierten die Weiterfahrt. Ein Container war mit der Fahne der Vereinten Nationen gekennzeichnet, erst nach einigen Minuten kam ein sichtlich nicht mehr nüchterner junger russischer Soldat aus dem Container und kontrollierte oberflächlich meine Papiere. Ich nahm an, dass er keine Ahnung hatte, wo er war und dass er eigentlich nicht hier sein wollte. Nur mühsam konnte ich ihm erklären, dass ich weder ein Serbe noch ein Kroate sei und dass die Strecke nunmehr für Diplomaten geöffnet sei. Schließlich räumte er lustlos den Stacheldraht auf die Seite und winkte mich durch.

Die Straße schnitt nur auf wenigen Kilometern das südliche Ende des Sektor Ost, aber die Strecke kam mir wie eine Ewigkeit vor. Die Straße war eigentlich nicht mehr existent, es gab mehr Löcher als Asphalt. Seit mindestens vier Jahren war keiner mehr hier gefahren und natürlich wurde nichts repariert. Nach all den Warnungen über serbische Heckenschützen entlang der Straße wollte ich so schnell wie möglich fahren, was aber angesichts des Zustandes der Straße sehr mühsam war. Bis unmittelbar an den Straßenrand reichte das Gebüsch, abgetrennt mit einer Schnur, auf der in regelmäßigen Abständen Schilder mit Totenkopf vor Minen warnten. Es galt, diese katastrophale Straße möglichst schnell zu passieren, ohne in einem Loch

das Ansinnen~ request

zu versinken und ohne den Büschen zu nahe zu kommen. Blitzte etwas Metallisches im Gebüsch, wähnte ich ein Gewehr auf mich gerichtet. Ich war froh, dass das Ganze nach nur zirka fünf Minuten zu Ende war. Ich hatte außer einem weiteren Checkpoint, der mit Jordaniern bemannt war, niemanden gesehen. Dennoch war ich mir nicht sicher, ob ich tatsächlich alleine gewesen war.

Wenig später erreichte ich die kroatische Grenzstation, das heißt einen winzigen behelfsmäßigen Holzschuppen und einen provisorischen Schranken. Die kroatischen Beamten trauten ihren Augen nicht und sprangen nervös aus dem Schuppen hervor. Vielleicht hielten sie mich für ein serbisches Selbstmordkommando. Meine Papiere wurden genau kontrolliert und die beiden funkten nervös mit einer vorgesetzten Dienststelle. Sie erklärten ihren Vorgesetzten mehrmals, dass tatsächlich jemand aus dem Sektor Ost aufgetaucht sei, noch dazu unversehrt, und nun seine Reise nach Zagreb fortsetzen wolle, als sei dies die natürlichste Sache der Welt. Schließlich konnte ich weiterfahren. Früher waren tausende Urlauber aus Österreich und Deutschland auf genau dieser Strecke in den Urlaub nach Griechenland gefahren.

Dieser östlichste Teil Kroatiens war seit vielen Generationen mehrheitlich von Serben bewohnt, was vor der Schaffung Jugoslawiens nie ein Problem gewesen war. Kroatien, Slawonien und Vojvodina gehörten zum Habsburgerreich, das entlang dieser Gebiete an das osmanische Reich grenzte. Als Schutz gegen die häufigen Übergriffe von der osmanischen Seite wurden Wehrbauern angesiedelt, die meist orthodoxe Christen waren, die vielfach von der anderen Seite geflüchtet waren. Dadurch hatten sich inmitten der katholischen Slawen Inseln mit orthodoxen Slawen gebildet, die als Krajina-Serben bekannt wurden.

unversehrt- entire, intact, safe, sound 43
unscathed, whole

Krajina ist das slawische Wort für Grenze. Weiter unten werden wir sehen, wie es zu dieser Bevölkerungsverschiebung gekommen war.

Als die neue kroatische Führung unter Tuđman eine sehr nationalistisch orientierte Politik einschlug, waren die Serben auf dem Gebiet Kroatiens alarmiert: die Schreckensherrschaft des Ustaša-Regimes während des Zweiten Weltkrieges, die vielen zehntausenden Serben das Leben kostete, war noch in Erinnerung und die schlimmsten Befürchtungen wurden wach. Die neue Führung verbot die Verwendung der kyrillischen Schrift und dachte nicht daran, den Serben irgendwelche verfassungsmäßige Garantien zu geben, die einer Minderheit nach internationalen Standards zustehen. Des weiteren erklärte Tuđman das alte Symbol des rot-weißen Schachbrettmusters zum Nationalemblem. Dieses stammte zwar aus dem Mittelalter, wurde aber auch vom faschistischen Ustaša-Staat verwendet und war daher bei den Serben völlig diskreditiert. Die Serben in der Krajina, in West- und Ostslawonien erklärten sich daher dem neuen Staat gegenüber illoyal und begannen bewaffnete Auseinandersetzungen mit den kroatischen Sicherheitsbehörden. Diese waren anfangs hoffnungslos unterlegen, da sie kaum über Waffen verfügten und die Jugoslawische Volksarmee, bis dahin Hüter des Gesamtstaates, sich auf die Seite der Serben schlug. Offiziell sollten die beiden Streitparteien getrennt werden, in der Praxis lief die Intervention der Armee jedoch jeweils auf eine Konsolidierung der serbisch kontrollierten Gebiete hinaus.

Von Seiten der internationalen Gemeinschaft war der Druck auf Kroatien gering gewesen, den im Land lebenden Serben Minderheitenrechte zu gewähren. Dies war weniger auf mangelnden Willen zurückzuführen, sondern vielmehr auf den Umstand, dass man sich im Ausland kaum bewusst war, dass dort zwei Völker existierten und nicht nur eines. Die Befindlichkeiten der kroatischen Serben und deren eigentlich vorhersehbare Reaktion gegenüber der nationalistischen Politik Zagrebs wurden daher ebenfalls nicht wahrgenommen. Das Tito-Jugoslawien hatte erfolgreich vorgegaukelt, dass es keine nationalistischen Spannungen gegeben hatte, die blutige Geschichte des ersten Jugoslawien war tabu geblieben.

Sektor Ost, Oktober 2000

Auf dem Weg nach Belgrad nahm ich den etwas längeren Weg über Kroatien, um mir den mittlerweile in Kroatien reintegrierten Sektor Ost, der auch nicht mehr so hieß, neuerlich anzusehen. Kroatien weigerte sich weiterhin, auf den Hinweistafeln Richtung Osten *Belgrad* anzuschreiben, obgleich die beiden Länder längst diplomatische Beziehungen unterhielten. Es fand sich nur der Hinweis auf Lipovac, einem Kaff, das man auf den meisten Karten nicht findet. Lipovac ist der östlichste Ort in Kroatien auf der "Brüderlichkeit und Einheit"-Autobahn. Der vorgeschobene kroatische Grenzposten, den ich vor einigen Jahren passierte, existierte nicht mehr, da der kroatische Staat die volle Kontrolle über das Gebiet wiedererlangt hatte. Ebenso verschwunden waren die Vereinten Nationen und ihr Container mit den russischen und jordanischen Soldaten. Die früher mit Löchern übersäte Straße war frisch asphaltiert, die Warnungen für die Minenfelder waren aber noch teilweise zu sehen. Schließlich erreichte ich die kroatische Grenzstation. Was früher eine schmale Straße war, war jetzt eine mindestens zehnspurige, überdachte, prot-

45

zige Vorzeige-Grenze. Dennoch war nur ein Schalter geöffnet, mehr war aber mangels Verkehr auch nicht notwendig. Kein Stacheldraht mehr, keine Betonsperren. Die jugoslawische Grenzstation befand in Rufweite, es war eine normale Grenze geworden. Würde man nicht gleichzeitig im Rest Europas die Grenzen abbauen, hätte man sich über diese Entwicklung freuen können.

Zagreb, Präsidentenpalast, Februar 2001

Tuðman war ein Jahr zuvor im Amt verstorben und ein kaum hörbares, aber um so tieferes Aufatmen ging durch Kroatien und die internationale Diplomatie. Sein Regime und das seiner von ihm gegründeten Partei HDZ[1] war immer autokratischer geworden, vor allem seit er den Sieg über die Krajina-Serben davongetragen hatte. Niemand konnte ihm die Würde des *Pater patriae* nehmen, ohne selbst politischen Schaden zu nehmen. Allgemein wurde damit gerechnet, dass einer der aktiven Oppositionspolitiker die Wahlen zum Präsidentenamt gewinnen würde. Überraschend deklarierte sich jedoch der einstige enge Weggefährte Tuðmans und letzter Präsident des jugoslawischen Gesamtstaates, Stipe Mesić, als Kandidat. Er übte zu diesem Zeitpunkt keinerlei öffentliches Amt aus. Anfangs wurde seine Kandidatur belächelt, er konnte die Wähler aber überzeugen und wurde zum Präsidenten gewählt. Im Jahre 1991 war Mesić vom HDZ-dominierten Sabor als kroatischer Vertreter für das achtköpfige Staatspräsidium

---

1. Kroatische Demokratische Gemeinschaft. Die HDZ war eher ein Saamelbecken von Nationalisten als eine Partei im herkömmlichen Sinn.

die Würde- dignity, grandeur

ernannt worden. Dieser Posten war seit dem Tode Titos, der ihn auf Lebenszeit ausübte, routinemäßig alle zwölf Monate abwechselnd von einer der acht konstituierenden Einheiten besetzt worden, ohne dass es dabei je Schwierigkeiten gegeben hätte. Der Zufall wollte es, dass im Frühjahr 1991 die Übergabe dieses Amtes vom serbischen auf den kroatischen Vertreter erfolgen sollte. Serbien hatte den Milošević-Gefolgsmann Borisav Jović in das Staatspräsidium entsandt und sein Mentor, der vier der acht Stimmen des Präsidiums kontrollierte, dachte nicht daran, das Feld kampflos zu überlassen. Es war der erste Test der Stärke zwischen den beiden <u>Kontrahenten</u> aus Zagreb und Belgrad. Der Vorsitzende des Präsidiums konnte alleinig dessen Sitzungen einberufen, was durch die kollektive Funktion des Oberkommandierenden der Streitkräfte von besonderer Bedeutung war. Wiederholt hatte Milošević zuvor in der innerserbischen harten politischen Auseinandersetzung versucht, das Staatspräsidium zur Befehlsausgabe an die Armee zu bewegen, damit diese gegen Demonstranten mit Gewalt vorgehe.

Erst mit monatelanger Verspätung wurde Mesić schließlich in sein Amt gewählt, wozu auch massiver Druck von Seiten der internationalen Gemeinschaft notwendig gewesen war. Er trat sein Amt mit der Bemerkung an, er werde der letzte Präsident Jugoslawiens sein. Tatsächlich zerfiel während seines Mandats der Gesamtstaat und zunächst Slowenien und Kroatien, später auch Bosnien-Herzegowina und Mazedonien wurden selbständige Staaten. Wenig später trennte sich Mesić von Tuðman, weil er offenbar erkannt hatte, in welche Richtung er die kroatische Politik lenkte und verschwand von der politischen Bühne.

Im Februar 2001 hatte ich Gelegenheit, den <u>amtierenden</u> Vorsitzenden der OSZE, den rumänischen Außenminis-

amtierend - acting, incumbent, reigning
Kontrahent

ter, auf einer Reise nach Kroatien zu begleiten. Einer der Gesprächspartner war der nunmehrige Präsident, Mesić. Dieser hatte in bewusster Abkehr von seinem Amtsvorgänger den Amtssitz aus der Altstadt in ein von Tito benutztes modernes Gebäude am Stadtrand von Zagreb verlegt. Im Gegensatz zur abgehobenen Art seines Vorgängers öffnete Mesić wöchentlich den Palast für Besucher. Der neue Amtssitz wurde zwar ebenfalls von Soldaten bewacht, die jedoch eine weniger farbenfrohe und unpraktische Uniform trugen, folglich wie richtige Soldaten aussahen und nicht wie Figuren aus einem historischen Film. Die Sicherheitsvorkehrungen waren entspannt, Mesić litt offenbar kaum an Paranoia. (Zugegebenermaßen waren die politischen Rahmenbedingungen auch nicht mit denen von vor zehn Jahren zu vergleichen.) Man ließ uns gebührlich warten, Kroatien war längst ein normales Mitglied der Staatenfamilie geworden und Besucher ausländischer Politiker waren längst Routine geworden. Mesić war ebenfalls, wie sein Vorgänger, eine beeindruckende Persönlichkeit, dabei strahlte er jedoch positive Energie aus. Sein Vollbart und die buschigen Augenbrauen vermittelten den Eindruck eines ernsten, in sich gekehrten Mannes, was aber keineswegs der Fall war. Er hatte ein gewinnendes Wesen und ging auf seine Gesprächspartner ein. Von der Vergangenheit war nur kursorisch die Rede, nämlich nur, was deren Altlasten betraf. Der Blick des Präsidenten war eindeutig in die Zukunft und nach Europa gerichtet. Der Unterschied zwischen den beiden Persönlichkeiten hätte kaum größer sein können. Es scheint, dass ungewöhnliche Zeiten auch ungewöhnliche Menschen hervorbringen.

nunmehr - from now on

48

buschig - bushy

Knin, Mai 2001

Zehn Jahre nach dem Krieg hatte sich an der kroatischen Küste der Tourismus wieder belebt, wenn auch noch in geringerem Ausmaß als vor der Unabhängigkeit. Geschäftiges Treiben, renovierte Hotels und zahlreiche Ausländer prägten wieder das Bild. Nachdem ich während meiner Zeit in Belgrad so viel von Knin gehört hatte, wollte ich mir diesen Ort endlich ansehen. Knin war die Hochburg der Krajina-Serben gewesen, von dort war der Aufstand gegen den kroatischen Staat 1991 ausgegangen. Die Straße von Zadar nach Knin stieg kontinuierlich an, nur wenige Kilometer von der Küste entfernt war von Tourismus und Fremden nichts mehr zu bemerken. Die karge Landschaft, die von der mediterranen Vegetation allmählich in den Karst übergeht, bietet offenbar nur wenigen Menschen Möglichkeiten zum Erwerb des Lebensunterhaltes. Die ersten Spuren des Krieges waren bald zu erkennen, nämlich die leerstehenden Häuser. Bei genauerer Betrachtung zeigte sich, dass die Mauern intakt waren und keine Einschusslöcher aufwiesen, die Häuser jedoch regelrecht abgefackelt worden waren. Das waren nicht die Spuren eines Kampfes, sondern der mutwilligen Zerstörung, durchgeführt während der kroatischen Rückeroberung der aufständischen Gebiete. Geisterdörfer tauchten auf. Die noch erhaltenen Aufschriften auf Geschäften in kyrillischer Schrift belegten eindeutig den ehemaligen ethnischen Charakter der Dörfer, Menschen waren jedoch keine zu sehen, nur zerstörte Häuser, Dorf um Dorf. Lediglich an der Ausfahrt der Dörfer waren regelmäßig einige Häuser bewohnt. Unmissverständlich zeigten kroatische Fahnen, wer sich dort mittlerweile niedergelassen hatte. Von wirtschaftlicher oder sonstiger sinnvoller Tätigkeit war nichts zu erkennen. Keine Rückkehrer, kein Aufbau, keine Anwesenheit von internationalen Helfern. Das dalmatinische Hinterland war immer schon eine vergessene Region gewesen, die wirtschaftlich noch nie besonders stark war. Die serbischen Wehrbauern in diesem Teil der Krajina mussten sich gegen die Osmanen und die Kargheit der Landschaft gleichzeitig wehren. Sobald diese Menschen entwurzelt sind, dürfte der Anreiz zur Rückkehr kein besonders großer sein. Außer Gebüsch und Steinen gibt es hier nicht viel, der Tourismus der Küste dringt nicht bis hierher und hinter den Bergen, in Bosnien, herrscht ebenfalls Armut.

Ich fuhr weiter nach Knin. Die Stadt selbst war belebt, praktisch keine Anzeichen des Krieges waren zu erkennen. Offenbar hatten die serbischen Bewohner Knin schon lange vor dem Anrücken der kroatischen Armee verlassen, zu Kampfhandlungen scheint es nicht gekommen zu sein. Die kroatische Fahne war allgegenwärtig, ebenso kroatisches Militär. Die Kleinstadt liegt in einer kleinen Talsenke, malerisch umrahmt von den Bergen, eine hochgelegene Festung beherrschte das Stadtbild. Es war schwer vorstellbar, dass hier die Hochburg der fanatischen Anführer der Krajina-Serben war. Wichtig war die Einnahme der Krajina und Knins für den kroatischen Staat vor allem wegen der Eisenbahnlinie, die den Norden Kroatiens mit Dalmatien verbindet. Die Kroaten konnten der Blockade und der Zweiteilung des Landes nicht unbegrenzt zuschauen, die durch den Aufstand der Serben entstanden war.

Knin ist eine der vielen Städte auf dem Balkan, die immer wieder Schauplatz von militärischen Auseinandersetzungen war. Diese Festung im dalmatinischen Hinterland mit strategisch günstiger Lage lockte immer wieder Eroberer an: nach den Kroaten im 10. Jahrhundert kamen die

Ungarn, die mittelalterlichen bosnischen Könige, die Osmanen, Venezianer, Napoleon und schließlich die Österreicher. Im SHS-Staat wurde Knin Zagreb unterstellt, bis der Aufstand der Krajina-Serben die heiße Phase des Zerfalls Jugoslawiens einläutete. Man darf gespannt sein, ob die militärische Auseinandersetzung von 1991 bis 1995 die letzte in dem Gebiet war.

Dalmatien, Mai 2001

Von Montenegro kommend überschritt ich bei Herceg Novi die Grenze zu Kroatien. Der Grenzverkehr war minimal, dennoch musste ich länger zuwarten, da die kroatischen Grenzkontrollorgane sehr genau kontrollierten. Es hatte den Anschein, dass jeder jugoslawische Staatsangehörige weiterhin verdächtig war, in Kroatien für Probleme zu sorgen. Diese südliche Spitze Kroatiens ist, so wie das restliche Dalmatien, eine eigene Welt und hat mit Zagreb oder den Donaugebieten im äußersten Osten Slawoniens nicht viel gemeinsam. Der kroatische Küstenstreifen bis Zadar ist sehr schmal und reicht nur bis zur nächsten höheren Bergkette. Nach den eher sagenhaften Illyrern besetzte Rom diesen wichtigen Küstenstreifen, ehe er auf Westgoten, Byzantiner, kroatische, bosnische und ungarische Herren überging, bis Venedig sich Anfang des 15. Jahrhunderts bis zu den napoleonischen Kriegen festsetzte. Nach dem französischen Intermezzo kam Dalmatien an Österreich, wobei die Grenze zum osmanischen Reich weit im Süden des heutigen Montenegro lag. Wie viele Gebiete des ehemaligen Jugoslawien hat also auch Dalmatien wiederholt die politische und kulturelle Zugehörigkeit gewechselt, ehe es dem ersten und auch zweiten Jugoslawien zufiel.

Das Hinterland von Dalmatien gehörte für fünf Jahrhunderte dem osmanischen Reich an und die Kontakte zwischen West und Ost waren nur auf wenige Handelsrouten beschränkt, die zumeist von Dubrovnik ausgingen. Nachdem sich die Eroberungen der Osmanen konsolidiert hatten, errichteten Österreicher und Moslems die bereits erwähnte Militärgrenze, womit jeder weitergehende Kontakt unmöglich wurde. So kommt es, dass die Küste mit dem Hinterland nur wenig gemein hat und Dalmatien eindeutig der mediterranen Welt, d.h. vornehmlich Italien zuzurechnen ist. Alle Ortschaften entlang der Küste, von der albanischen Grenze bis nach Slowenien teilen dieselbe charakteristische Architektur und Lebensweise. Die kulturellen Unterschiede haben sich in diesem Landesteil tief eingegraben.

Der Stadt Dubrovnik, die aus der Siedlung Ragusa hervorgegangen ist, war es am längsten gelungen, ihre Unabhängigkeit von Venedig zu bewahren. Dennoch war das Vorbild so übermächtig, dass die führende Schicht, die reichen Kaufleute, alles danach ausrichteten, Architektur, große Teile des Wortschatzes, das politische System, die Gerissenheit. Dalmatien kann ohne Übertreibung als *Terra veneziana* bezeichnet werden und ist auch in Kroatien ein gewisser Fremdkörper.

SERBIEN

Grenze Ungarn/Serbien, Mai 1995

Zu meinem Entsetzen sollte ich vom friedlichen Bern nach Belgrad versetzt werden. Belgrad war zu dieser Zeit die inoffizielle Welthauptstadt des Krieges, der Verwüstung, der Bluttaten. Wie konnte mir das passieren? Nach meinem Aufenthalt in Zagreb wollte ich von Jugoslawien nichts mehr wissen. Ich erwartete, auf der Stelle von einer Meute aufgebrachter Demonstranten vor der österreichischen Botschaft in Stücke zerlegt zu werden. Dennoch reizte mich die neue Aufgabe und stimmte schließlich zögernd meiner Versetzung zu. Da laut Medienberichten im Land absolut nichts erhältlich war, hatte ich mein Auto mit Lebensmitteln vollgepackt. Wochenlang war ich damit beschäftigt, haltbare Lebensmittel und Seife zu horten, um diese im Auto mitzunehmen. Ich beschaffte mir einen Benzinkanister und berechnete den Benzinverbrauch von Belgrad zur ungarischen Grenze und führte diese Menge Treibstoff immer im Wagen mit. Sollte es zu einer Flucht kommen, bräuchte ich mich in der Panik dann wenigstens nicht mehr um das Benzin kümmern – es gab ja auch das Treibstoffembargo. Eine Landkarte, in der ich Fluchtwege nach Ungarn und Rumänien gekennzeichnet hatte, gehörte ebenfalls zum fixen Gepäck. Einige Wochen konnte ich auf diese Weise in Belgrad leicht auskommen, dann würde ich schon weitersehen. Derart gerüstet, trat ich meine Reise in Erwartung des Allerschlimmsten an.

Endlich war ich mit dem Auto nach Belgrad unterwegs und je weiter ich mich von Wien entfernte, um so nervöser wurde ich. Die Propaganda der letzten Wochen und

53

Monate war nicht spurlos an mir vorübergegangen. Kurz vor der Grenze zu Jugoslawien kehrte ich in einer Raststation ein, um eine letzte Mahlzeit in der Zivilisation einzunehmen. Ich wusste nicht, wann ich in Belgrad wieder essen gehen konnte. Ich war aber so nervös, dass ich nicht viel herunterbekam. Die sengende Hitze tat ihr Übriges, mir den Appetit zu nehmen. Endlich kam ich an der ungarisch-jugoslawischen Grenze an, kilometerweit stauten sich bereits die Autos. Nichts bewegte sich, hunderte Gastarbeiter benützten das lange Wochenende, um nach Hause zu fahren. Offiziell befand sich Jugoslawien zu diesem Zeitpunkt unter dem Embargo der Vereinten Nationen. Die Autos waren daher zum Bersten vollgepackt mit allen erdenklichen und unerdenklichen Dingen des täglichen Lebens: Waschmaschinen, Lebensmittel, Kleider, Zigaretten, Alkohol, Spielzeug - auffallend viel Spielzeug für Kinder. Offenbar litten die Kinder besonders an diesem Mangel. Geduldig warteten die Leute, bis sie wieder eine Autolänge vorwärts fahren können. Es war ruhig, niemand beschwerte sich, alle nahmen es gelassen hin.

Die ungarischen Zöllner genossen offenkundig ihre Macht. Praktisch jedes Auto musste völlig entladen und dann wieder mühselig beladen werden. Auch die Waschmaschine musste vom Autodach herunter, schließlich konnten in der Waschtrommel noch Zigaretten versteckt sein. Verblüffend war allerdings, dass die Waren wieder aufgeladen wurden, ohne dass etwas beschlagnahmt wurde. Oder doch ein paar Stangen Zigaretten und ein wenig Schnaps? Das Embargo existierte offenkundig nur auf dem Papier.

Endlich war ich nach mehreren Stunden an der Reihe. Mein Auto hatte ein Überstellungskennzeichen. Wutentbrannt trat der ungarische Zöllner mit dem Fuß gegen das

seng-end - torrid

erdenklich - imaginable
unerdenklich
Mühselig - arduous, laborious

Kennzeichen und brüllte "Embargo! Embargo!" Seine Sprachkenntnisse beschränkten sich auf Ungarisch. Ich konnte ihm nur mit Mühe beibringen, dass ich zur österreichischen Botschaft in Belgrad unterwegs war, ich das Auto nicht verkaufen würde und daher kein Embargo-Brecher sei. Schließlich ließ er mich murrend weiterfahren. Im Gegensatz dazu wurde ich auf der jugoslawischen Seite der Grenze wesentlich freundlicher aufgenommen, wenn es auch bürokratische Hindernisse gab. Kein Mensch kümmerte sich dort um das Embargo, die Behörden wussten genau, dass ohne diesen Grenzverkehr die Wirtschaft völlig zusammenbrechen würde. Mit viel freundlicher Hilfe von anderen Reisenden kam ich zu meinen Papieren und setzte erleichtert meine Fahrt nach Belgrad fort.

Belgrad, Mai 1995

Jahrelang hämmerte die Propaganda auf jeden ein, dass die Serben die Inkarnation des Bösen seien. Diese seien ausschließlich am Zerfall Jugoslawiens schuld sowie an den Kriegen in Slowenien und Kroatien. Der Bosnien-Krieg tobte weiter und lieferte jeden Tag Bilder serbischer Gräueltaten. Alle Verwandten und Bekannten bedauerten mich daher, dass ich nach Belgrad versetzt wurde. Ursprünglich hatte ich mir nach dem Abenteuer in Zagreb geschworen, nie wieder den Balkan zu betreten. Fühlte ich mich schon in der kroatischen Hauptstadt dem "Terror" der Serben ausgesetzt, um wie viel schlimmer musste dies erst in der serbischen Hauptstadt, sozusagen in der Höhle des Löwen, sein?

Unter diesen Prämissen traf ich an jenem heißen Maitag, nach Überwindung der ungarischen Grenze, in Belgrad

Murren - to grumble, Mumble, snarl
toben - to clamour, rampage, riot

55

ein. Gespannt erwartete ich hinter jedem Gebäude und Baum einen Heckenschützen, der es auf einen österreichischen Diplomaten abgesehen hatte. Ich fuhr zum Hotel und begann (aus Angst vor einem sofort stattfindenden Überfall auf das Auto) meinen beträchtlichen Vorrat an Lebensmittel und Seife zu entladen, als ich ein Flugzeug in niedriger Flughöhe herannahen hörte. Es ging also tatsächlich schon los, genauso wie in Zagreb, als die Jugo-Bomber über die Dächer dröhnten! Wenige Sekunden später sah ich direkt über das Hotel einen Doppeldecker emporsteigen und meine letzte Stunde schien geschlagen, als das Flugzeug Gaswolken ausströmte. Ich war einer Panik nahe. Endlich bemerkte ich, dass es ein Moskito-Bomber war und konnte mich vor Lachen kaum halten. Den ersten Angriff hatte ich also überlebt! Der Gepäckträger des Hotels half mir beim Entladen des Autos und konnte sich nur über mein Gepäck wundern.

Ich war überrascht, dass die Stadt einen so normalen Eindruck hinterließ. Die Kriegshauptstadt, das Zentrum des Bösen war auf den ersten Blick keineswegs vom Krieg geprägt. Autos fuhren, die Geschäfte waren offen, Leute warteten gelangweilt auf den Bus. Keine Soldaten zu sehen, nur Verkehrspolizei, keine Propagandaplakate für den Krieg. Lediglich die illegalen Benzinverkäufer, die an allen Straßenecken in Plastikflaschen ihre Ware anboten, waren auffällig. Des weiteren fielen durchwegs schlecht gekleidete Straßenhändler auf, die den Passanten "Devize, devize" zuraunten und dicke Geldbündel aller möglichen Währungen mehr oder weniger verdeckt zeigten. Desgleichen boten fliegende Händler Zigaretten an. Der Schwarzmarkt blühte und die vorbeigehenden Polizisten störten sich in keiner Weise daran. Wie schon an der Grenze war es offenkundig, dass das Regime den Schwarzmarkt gewähren ließ, um so die Grundbedürfnisse der Bevölkerung zu befriedigen. Allerorts wurde gemunkelt, dass Angehörige des Regimes selbst den Schwarzhandel organisierten und die saftigen Gewinne einstreiften. Abgesehen von diesen Eigenheiten machte das Leben einen normalen Eindruck. Die Cafés waren voll, und auch junge Männer im wehrfähigen Alter hatten offenbar keine Angst, aufgegriffen und nach Bosnien geschickt zu werden. Aber die Armut breiter Schichten ließ sich nicht verleugnen. In den Geschäften fand man zwar das Notwendigste, aber nur in geringen Mengen und zumeist schlechter Qualität. Die Preise waren für westeuropäische Verhältnisse billig, aber ein reguläres Monatsgehalt – sofern es ausbezahlt wurde – reichte kaum für Miete, Strom und Lebensmittel. Von Luxus war für die meisten Menschen keine Rede.

Belgrad liegt am Zusammenfluss von Save und Donau. Man kann sich kaum vorstellen, dass dies die gleiche Donau wie in Wien ist, zu weit weg scheint man zu sein. Wo die beiden Flüsse zusammentreffen erhebt sich ein Hügel, auf dem die Festung Kalemegdan liegt. Diesem Hügel verdankt Belgrad seine strategische Bedeutung, die es im Laufe seiner Geschichte immer wieder teuer zu bezahlen hatte, es soll vierzig Mal zerstört worden sein. Im Erscheinungsbild ist Belgrad einerseits Wien sehr ähnlich, andererseits lässt sich der Einfluss des Orients nicht verleugnen. Viel wurde nach der Erlangung der Unabhängigkeit zerstört, aber auch der Zweite Weltkrieg hat tiefe Narben hinterlassen. Dennoch ist der Einfluss des osmanischen Reiches erkennbar. Ein Beispiel dafür liefert die einzige noch erhaltene Moschee der Stadt, die allerdings keinen prominenten Platz im Stadtbild einnimmt. Im

Gegensatz zum megalomanisch anmutenden Neubau der serbisch-orthodoxen Kathedrale, welcher bezeichnenderweise unter dem Kommunisten Milošević wieder begonnen wurde. Trotz allem fühlte ich mich in Belgrad von Anfang an keineswegs fremd. Vermutlich ist in Wien auch ein gehöriges Substrat vom Balkan vorhanden, das man kaum bewusst wahrnimmt. Jedenfalls ist es von Wien nach Belgrad näher als zum Beispiel nach Vorarlberg. Die ersten serbischen Bücher wurden in Wien gedruckt, der Nationaldichter und Schöpfer der serbischen Schriftsprache Vuk Stefanović Karadžić war hier tätig, Wien ist die drittgrößte serbische Stadt. Obgleich die Kroaten den Österreichern kulturell näher stehen, waren die Wanderungsbewegungen und die kulturellen Beziehungen zwischen Wien und Belgrad intensiver als zwischen Wien und Zagreb. Auch die Wiener Küche hat viel von Serbien übernommen. Die Ziehharmonika, das Wienerlied und die serbische Volksmusik dürften sich gegenseitig befruchtet haben. Der Unterschied ist wohl, dass Wien letztlich nie ein Opfer des osmanischen Reiches wurde, Belgrad jedoch wiederholt (mit kurzem österreichischem Intermezzo, als Prinz Eugen seine – wie es im Lied heißt - *Brucken* schlug) und daher viele Jahrhunderte lang zum osmanischen Reich gehörte. Dadurch hat sich der Orient tiefer in die Psyche der Serben eingegraben, gänzlich unbekannt ist er aber auch in Wien nicht: Was wäre Wien ohne das Kaffeehaus? Ohne die Entführung aus dem Serail? Immerhin teilten sich Österreich und das osmanische Reich während fünfzehn Generationen eine gemeinsame Grenze, gehörte die Auseinandersetzung mit dem Großtürken zum festen Bestandteil des täglichen Lebens und der Politik. In vielen Orten in der Steiermark und anderen Teilen finden sich eingemauerte

Trotz allem

osmanische Kanonenkugeln, die von vielen direkten Auseinandersetzungen zeugen, Wien wurde zweimal von den Osmanen erfolglos belagert. Erst mit dem Wechsel der serbischen Königsdynastie zu Beginn des 20. Jahrhunderts trat eine Verschlechterung der Beziehungen zwischen Wien und Belgrad ein, die in der Ermordung Franz Ferdinands in Sarajewo gipfelte. Auch der Zerfall Jugoslawiens sah Wien und Belgrad auf unterschiedlichen Seiten. Mittlerweile sollte der Blick auf die Gemeinsamkeiten wieder frei sein und beide müssen in die Zukunft blicken.

Zemun, Juni 1995

Nur fünf Autominuten vom Zentrum Belgrads entfernt liegt Zemun. Die kurze Distanz täuscht, eine andere Welt eröffnet sich in Sichtweite des Kalemegdan. Die Architektur und das Erscheinungsbild des Städtchens Zemun ist eindeutig mitteleuropäisch. Bis 1918 war Zemun, damals Semlin genannt, denn auch Teil Österreich-Ungarns, quasi der letzte Vorposten gegenüber dem osmanischen Reich. Zemun ist an der Donau gelegen und daher von Wien aus relativ leicht erreichbar, der gegenüberliegende Felsen mit der Festung Kalemegdan machte es zu einem strategisch wichtigen Platz. Mit Amüsement sind die Beschreibungen von Reisenden zu lesen, die sich im 18. und 19. Jahrhundert von Semlin aus in das osmanische Reich wagten. Quarantäne, langwierige bürokratische Kontrollen, eine unsichere Überfahrt in kleinen Booten in das Reich des Islam. Gegenseitiges Misstrauen, Schmuggel und auch Gefahr prägten diesen Grenzübergang. An nur wenigen Stellen berührten sich Mitteleuropa und der Orient so unmittelbar

wie in Semlin. Der größte Teil der Grenze war auf beiden Seiten Militärgebiet, in dem es zu ständigen Übergriffen kam. Dennoch, oder vielleicht gerade deswegen, ist es in Semlin nie zu größeren Auseinandersetzungen gekommen, von echten Kriegszeiten einmal abgesehen. Der Bruch zwischen diesen beiden Welten ist noch immer zu spüren. Zemun könnte so wie es ist (würde man die Fassaden der Häuser in Stand setzen) in Österreich oder Ungarn liegen. Bis zum Ende des Zweiten Weltkrieges lebte dort auch eine bedeutende deutschsprachige Minderheit.

Nach meiner Ankunft in Belgrad machte ich mich auf Spurensuche in Zemun. Ich hatte nämlich erst kurz zuvor erfahren, dass ich Verwandte dort habe. Ein Vertreter einer großen österreichischen Bank, die vor dem Ersten Weltkrieg eine Filiale in Zemun unterhielt, gehörte zu meiner Familie. Nach dem Ende Österreich-Ungarns war er mit seiner Familie verblieben, seine Nachkommen leben heute noch dort. Nach einer telefonischen Kontaktaufnahme machte ich mich gespannt auf den Weg, um meine Verwandten aufzusuchen. Ich läutete an der Haustür, und tatsächlich öffnete mein Großonkel und begrüßte mich auf Deutsch. Damit fühlte ich mich in Belgrad endgültig heimisch und hatte meine Angst, hier zu leben, völlig beseitigt. Ich hörte viele Geschichten über das alte Semlin, die Schwierigkeiten während des ersten Jugoslawien, vor allem aber über die Schwierigkeiten, die das Leben im zweiten Jugoslawien anfangs mit sich gebracht hatte. Aufgrund der Nazis waren alle deutschsprachigen Repressionen ausgesetzt gewesen. Letztlich aber konnte mein Großonkel Karriere machen, und zwar ohne Mitglied der kommunistischen Partei gewesen zu sein.

Die engen Gässchen der Altstadt erinnerten an Weinbauorte in Niederösterreich; gemächlich ging das Leben seinen

die Angst besiegen

Lauf. Die Zeit schien stillgestanden zu sein, seitdem die Österreicher nach dem Ersten Weltkrieg diesen Vorposten aufgeben mussten. Wie so viele Orte im ehemaligen Jugoslawien war auch Zemun wiederholt von feindlichen Heeren besetzt worden, war Grenzstadt, Grenze zwischen zwei Kulturen. Hier endete auch das ungarische Königreich, anlässlich der Tausendjahr-Feierlichkeiten der Staatswerdung Ungarns wurden an den vier geographischen Außenposten Türme errichtet, Grenztürme gewissermaßen. Einer der vier, Gardoš, wurde in Zemun errichtet. Heute ist der Turm bedeutungslos, da es keine politische Grenze mehr gibt. Mir scheint aber, dass die kulturelle Grenze weiterhin besteht. Bedauerlicherweise wurde Zemun im Zuge der Milošević-Politik ein Zentrum des serbischen Nationalismus und so konnte es passieren, dass einer der ärgsten und gefährlichsten Nationalisten, Vojislav Šešelj, Bürgermeister von Zemun wurde. Angesichts der Vergangenheit dieser Stadt war dies hoffentlich nur ein Abweichen von den alten Traditionen.

Belgrad, Anfang August 1995

Geradezu hysterisch berichten die Medien seit Tagen über die Aktion der kroatischen Armee gegen die "Serbische Republik Krajina". Das Säbelrasseln in Zagreb war seit dem Frühjahr unüberhörbar. Mitte Mai hatte Kroatien die Kontrolle über den sogenannten Sektor Nord (gemäß UN-Jargon), südlich von Zagreb, wiedererlangt. Was im flachen Gelände leicht durchführbar war, erschien für den gebirgigen Sektor West jedoch wesentlich schwieriger, das Schlimmste wurde erwartet.

das Abweichen — deviation

das Säbelrasseln — sabre rattling

61

Wenig später aber traf in Belgrad ein nicht enden wollender Strom von Flüchtlingen ein. Weit über hunderttausend Serben strömten innerhalb von zwei Tagen aus der Krajina Richtung Mutterland. Zunächst waren die Sicherheitskräfte auf diesen Ansturm nicht vorbereitet und es gelang einigen Flüchtlingen, sich in Belgrad niederzulassen. Schon nach wenigen Stunden jedoch wurden die Ausfahrten der Stadtautobahn von der Polizei abgesperrt und die Flüchtlinge mussten Richtung Süden weiterziehen. Mit gehörigem Zynismus wollte das Milošević-Regime die vor vielen Generationen aus dem Kosovo geflüchteten Serben genau dorthin schicken, um das ethnische Gleichgewicht dort wieder zugunsten der Serben (d.h. zugunsten des Regimes) zu ändern. Die Krajina-Serben hatten jedoch nicht Kroatien verlassen, um sich wiederum in der Situation einer Minderheit wiederzufinden und weigerten sich, in den Kosovo zu ziehen. Blanker Verrat der kurz zuvor noch so lautstarken Führung der Krajina-Serben hatte Zehntausende in das Unglück gestürzt. Kurz nach Beginn der kroatischen Militäraktion gegen die RSK gaben deren Führer jeden Widerstand einfach auf und zwangen die Bevölkerung, völlig unvorbereitet ihre Häuser zu verlassen, um nach Serbien zu ziehen. Auf der hunderte Kilometer langen Strecke gab es eine regelmäßige Versorgung mit Diesel für die Traktoren der Flüchtlinge, auch in Bosnien-Herzegowina.

Es hatte den Anschein, dass die Aufgabe der Krajina in Belgrad beschlossen wurde und ohne Konsultation mit den Betroffenen durchgezogen wurde. Das Fernsehen zeigte einen aufgedrehten und seine Hochstimmung kaum verbergenden kroatischen Präsidenten Tuđman, der auf der Burg von Knin herumstolzierte, umrahmt von einer gigantischen kroatischen Fahne.

sich weigern - to refuse, decline

62

Wie war es dazu gekommen? Mit dem Prozess der Unabhängigkeit Kroatiens erwachte unter den Serben in Kroatien, welche immerhin ein gutes Viertel der Bevölkerung ausmachten, die Angst vor einer Wiederholung der Massaker, die während des Zweiten Weltkrieges vom Ustaša-Regime verübt wurden. In einer Art vorausgreifender Selbstverteidigung organisierten sich die Serben in den verschiedenen Landesteilen. Bis zu diesem Zeitpunkt war es der Außenwelt kaum bewusst gewesen, dass es in Kroatien so viele Serben gab. Während Kroatien als katholisches Land betrachtet wurde, erschien die Anwesenheit einer substantiellen serbischen Minderheit als ein Störfaktor, mit dem man nicht gerechnet hatte. Auch das Aufbrechen des Angstgefühls unter den Serben angesichts eines unabhängigen kroatischen Staates stieß auf wenig Verständnis. Was sollte in einem demokratischen Land schon passieren?

In den politischen Zirkeln außerhalb Jugoslawiens machte sich auch niemand Gedanken, warum denn so viele Serben in Kroatien lebten. Ein Blick auf die Geschichte dieser spezifischen Minderheit hätte zum Verständnis der folgenden Ereignisse einen wesentlichen Beitrag geleistet. Wie auch im Kosovo die Verschiebung der ethnischen Zusammensetzung indirekt auf Österreich zurückzuführen ist, so gilt dies auch für die Krajina. Vojna Krajina bedeutet nichts anderes als "Militärgrenze", was dieses Gebiet auch tatsächlich jahrhundertelang, bis 1870, war. Die Verwerfungen nach dem österreichisch-osmanischen Krieg von 1683 bis 1699 gelangten bis an die unmittelbaren Grenzen Österreichs zum osmanischen Reich. Heute ist kaum vorstellbar, dass während vieler Generationen die beiden Reiche unmittelbare Nachbarn waren, die sich ständig gegenseitig belauerten. Die Serben, die sich im Gefolge der österreichischen Erfolge gegen das osmani-

betrachten – to consider, to regard
der Störfaktor – disruptive factor
zum Verständnis leisten

sche Reich ebenfalls erhoben, fürchteten nach dem Abzug der Kaiserlichen, dass sie die Rache der Osmanen treffen werde. Vor allem aus dem Kosovo und Südserbien zogen zehntausende Richtung Norden und Nordwesten. Ein Teil dieser Serben wurde in Südungarn angesiedelt, ein weiterer entlang der bogenförmigen Grenze der beiden Reiche. Sie durften ihre orthodoxe Religion behalten, waren direkt Wien unterstellt – hatten also keinen Herrn dazwischen – und mussten dafür bei Bedarf jederzeit für den militärischen Grenzdienst zur Verfügung stehen. Zu diesen Zeiten waren Religionsfreiheit und die Abwesenheit eines Landesherrn attraktive Lebensbedingungen. Im Laufe der Generationen wuchs eine stolze Gruppe von Menschen heran, die ihre Lebensweise und vor allem das Heroentum pflegte. Scharmützel im Grenzgebiet waren an der Tagesordnung und unter den Krajina-Serben entwickelte sich ein starker Wille zur Unabhängigkeit, die man auch mit der Waffe verteidigte.

Nach der Auflösung der Militärgrenze und deren Eingliederung in die normale Verwaltungsstruktur nahm deren Bedeutung ab und die Krajina-Serben spielten keine besondere Rolle mehr. Der Ustaša-Staat massakrierte zehntausende Serben oder zwang sie zur katholischen Taufe. Als der neugeborene kroatische Staat 1990/91 nicht nur Symbole aus der Vergangenheit wiedererweckte, sondern auch äußerst ungeschickt gegen die serbische Minderheit vorging, griffen die Krajina-Serben, ihren alten Traditionen folgend, zur Waffe. Überraschend war dies nur für diejenigen, die von der Existenz der Militärgrenze und deren Bewohner nichts wussten.

der Landesherr - soverigh prince
die Lebensbedingungen
heranwachsen - to grow up
die Eingliederung - integration, incorporation, rehabilitation

64

die Verwaltungsstruktur

Drina, September 1995

Der Krieg in Bosnien-Herzegowina war in vollem Gange, ein Ende war nicht abzusehen. Im Juli wurde das Massaker von Srebrenica verübt, mehr als 7000 moslemische Männer waren verschwunden. Niemand zweifelte ernsthaft daran, dass sie umgebracht wurden. Die drei moslemischen Enklaven Žepa, Goražde und Srebrenica, so genannte United Nations Protected Areas, lagen im äußersten Osten Bosniens. Die Drina bildet seit Jahrhunderten die Grenze zwischen Bosnien und Serbien. Auf beiden Seiten des Flusses lebten ebenso lange Serben. Lediglich in den drei Enklaven stellten Moslems die Mehrheit, was den Kriegstreibern in Belgrad und Pale lästig war. Die Verbindung zwischen der Serbischen Republik und dem Mutterland wurde dadurch behindert.

Unter dem Druck der internationalen Gemeinschaft hatte Milošević die Blockade an der Drina verhängt, um die bosnischen Serben vom Nachschub aus Serbien abzuschneiden. Er wollte damit beweisen, dass es seinen Friedensbemühungen Ernst war und damit die Aufhebung der gegen Restjugoslawien verhängten Sanktionen erreichen. Diese Sanktionen, die seit 1991 das Land strangulierten, stellten eine ernste Bedrohung für das Regime dar. Internationale Beobachter wurden eingesetzt, um die tatsächliche Durchführung der Blockade zu überwachen. In den diplomatischen Kreisen in Belgrad war diese Blockade eines der zentralen Themen, lag doch darin die Hoffnung, dass den bosnischen Serben dadurch die Luft ausginge und damit der Krieg in Bosnien-Herzegowina beendet würde. Man glaubte bzw. man wollte glauben, mit einer Beendigung des Krieges in Bosnien wäre das letzte blutige Kapitel im Zerfall Jugoslawiens beendet.

Ein Kollege der Botschaft und ich machten uns von Belgrad zur Drina auf, um uns mit eigenen Augen vom Zustand der Blockade zu überzeugen und um einen Blick in das kriegsgeplagte Bosnien zu erhaschen. Bei Loznica verbindet eine Brücke die beiden Länder. Die Drina war überraschend schmal, Bosnien, und damit der Krieg, lag zum Greifen nahe. Von Grenzblockade war keine Rede, wir sahen, wie ein Lastwagen ohne große Kontrollen von der serbischen auf die bosnische Seite wechselte. Einige Dutzend Meter vor der Grenze, halb unter der Brücke, befand sich ein weißer Container, aus dem aufgeregt zwei internationale Beobachter heraussprangen. Sie redeten wild auf uns ein, was uns eingefallen sei, einfach so an die Grenze zu kommen und herumzuspionieren. Sie nahmen Funkkontakt mit ihrer Zentrale auf und luden uns unmissverständlich ein, dorthin zu fahren. Wir taten dies und fanden mit einiger Mühe die Zentrale in Loznica. Völlig verängstigte internationale Beobachter hatten sich in einem Einfamilienhaus eingemietet und wagten sich kaum aus dem Haus, als wir anläuteten. Es erwartete uns dieselbe Litanei, wir können doch nicht einfach so herumfahren und das Vertrauen der serbischen Behörden in die Beobachtermission zerstören. Es beschlich uns der Verdacht, dass die Berichte über die Grenzblockade vielleicht doch nicht so objektiv waren, als wir angenommen hatten. Offenbar standen die Beobachter unter großem Druck der Behörden, eine gefilterte Beurteilung der Effizienz der Drina-Blockade abzugeben, um unabhängig von der Situation vor Ort die Aufhebung der Sanktionen zu erreichen. Die Anwesenheit irgendwelcher nicht autorisierter Beobachter konnte daher freilich nicht geduldet werden.

Wir machten uns auf eigene Faust wieder auf den Weg, um an einer anderen Stelle direkt an die Drina zu fahren.

Wir fuhren von der Straße in eine Au und weiter zum Ufer. Aus dem Nichts tauchte ein Polizeiwagen auf, der uns dicht folgte, aber weiters keine Anstalten zum Eingreifen machte. Schließlich erreichten wir das Ufer und stiegen aus. Friedlich plätscherte das Wasser der Drina dahin, es war ein idyllischer Ort. Kaum vorstellbar, dass am anderen Ufer, keine fünfzig Meter entfernt, ein Land im Bürgerkrieg war. Die Polizisten fragten uns endlich, was wir hier wollten. Wir seien hier zum Baden, aber leider sei es schon zu kalt zum Schwimmen, erklärten wir. Achselzuckend nahmen die Polizisten dies zur Kenntnis, forderten uns aber zum Verlassen der Gegend auf. Von Schmugglertätigkeit konnten wir im Gelände selbst nichts feststellen. Dies war aber ohnedies unwahrscheinlich, da der Grenzverkehr ganz normal über den offiziellen Grenzübergang durchgeführt wurde. Der Krieg in Bosnien wurde einige Wochen später durch die Bombardements der NATO beendet und nicht durch die Drina-Blockade.

Schauspieltheater Belgrad, Frühling 1996

Der Medienkrieg war auf dem Höhepunkt angelangt, die serbische Seite befand sich schrittweise auf dem Rückzug. Ein Volk, das von der Rechtmäßigkeit seiner Sache absolut überzeugt war, sah keine Notwendigkeit, eine Public-Relations-Agentur in Anspruch zu nehmen. Während Slowenien und Kroatien zu Beginn ihres Kampfes für die Unabhängigkeit US-amerikanische PR-Firmen äußerst effektiv für ihre Sache einsetzten, kam dies den Serben nicht einmal im Traum in den Sinn. Die Bewahrer des Gesamtstaates haben so etwas nicht nötig, das Regime bearbeitete nur die Köpfe im eigenen Land, nicht jedoch im Ausland.

aus dem Nichts
plätschern - to dabble, ripple (H2o)
achselzuckend - shrugging
anlagen(t bei) - to arrive (at)

67

Seit dem Ausbruch des Krieges in Bosnien-Herzegowina perfektionierte sich die anti-serbische Medienfront und obgleich Untaten von allen Seiten begangen werden, wurde in der internationalen Meinung vor allem das Bild der bösen Bosno-Serben gezeichnet. Vor allem im deutschsprachigen Raum war die Meinung einhellig. Den PR-Agenturen war es anlässlich der Kriege in Slowenien und Kroatien gelungen, die öffentliche Meinung völlig gegen die Serben zu mobilisieren.

Ein Österreicher teilweiser slowenischer Herkunft schließlich publizierte ein Buch, in dem er versuchte zu zeigen, dass der Konflikt facettenreicher war als wahrgenommen. Peter Handkes *Eine winterliche Reise zu den Flüssen Donau, Save, Morawa und Drina oder Gerechtigkeit für Serbien* schlug wie eine Granate ein. Eigentlich war das Buch nicht besonders pro-serbisch, phasenweise etwas naiv, man konnte es aber leicht falsch verstehen. Aber alles, was nicht anti-serbisch war, wurde in dieser Hysterie automatisch pro-serbisch. Pro-serbisch zu sein war aber in dieser Zeit politisch nicht korrekt. Eine Woge von hetzenden Artikeln ergoss sich über Handke; genüsslich wurden alle diese Artikel von der serbischen Regierung gesammelt und in einer Anthologie veröffentlicht. Damit sollte die Voreingenommenheit des Auslandes gegenüber den Serben dokumentiert werden.

Ich hatte dieselben Orte bereist wie Handke und ebenfalls die Gastfreundschaft der Serben schätzen gelernt. In diesem positiven Punkt sah ich mich mit Handke einig. Alleine deswegen wurde ich jedoch nicht blind gegenüber dem, was in Bosnien passierte. In jeder Gesellschaft gibt es ein Substrat von Verbrechern, die nur auf eine günstige Gelegenheit warten, ihren Nachbarn umzubringen. Die Frage ist nur, ob die Gesellschaft von skrupellosen Macht-

facettenreich. Multifaceted

68

habern so umgedreht werden kann, dass so etwas möglich ist. Aber auch wenn das passiert, heißt das andererseits wiederum nicht, dass alle damit aktive Komplizen werden.

Handke kam zu einer Lesung seiner Winterreise nach Belgrad, eine Sensation. Seit den Sanktionen war Serbien eine kulturelle Wüste, die Maschinerie des Staates erstickte alles, was angeblich gegen das Serbentum war. Kein ausländischer Künstler durfte oder wollte nach Serbien. Handke hatte den Mut, diese sinnlose Mauer zu durchbrechen und wollte aus seiner *Winterreise* vorlesen. Das Schauspieltheater war zum Bersten voll, viele mussten stehen. Handke wurde voller Spannung erwartet. Als er auftrat, brach spontan Applaus los. Da war er, der einsame Rufer, der sich gegen die Weltmeinung stellte. Zunächst auf Deutsch, dann auf radebrechendem Serbisch las Handke vor. Zu verstehen war aufgrund seiner schwachen Stimme nicht viel, sein gehacktes Serbisch war eine Qual. Aber darauf kam es nicht an. Das Publikum liebte ihn, unterbrach immer wieder die Lesung durch Applaus. Da war endlich jemand aus dem Ausland, der nicht Feuer spuckte, sondern Balsam auf die Wunden strich. Jemand, der nicht anti-serbisch war, musste pro-serbisch sein, die Sache der Serben vertreten. Dabei ging unter, dass die *Winterreise* eigentlich sehr traurig ist, aber auch darauf kam es nicht an.

Auswirkung auf die internationalen Medien hatte dieser Auftritt naturgemäß keine. Es wurden weiterhin Bilder um die Welt gesendet, die serbische Granateneinschüsse auf moslemischen Marktplätzen zeigten. Wobei kaum jemandem auffiel, dass eine Granate an sich nicht serbisch sein konnte und ein Marktplatz nicht moslemisch. Korrekter müsste es heißen, dass die bosnischen Serben wieder eine Granate auf einen Marktplatz gefeuert haben, der vor allem von Moslems frequentiert wird. Niemand fragte

eine Mauer durchbrechen
radebrechen — to speak broken X

auch nach, ob denn diese Meldung tatsächlich der Wahrheit entsprach und nicht irgendwelche Bilder mit irgendeinem Text versehen wurden. Die serbische Seite verlor schließlich den internationalen Medienkrieg, was entscheidend zur Niederlage der bosnischen Serben beitrug. Erst nach dem Fall des Milošević-Regimes und mittels des Haager Tribunals wird der Versuch unternommen, die Kollektivschuld auf Individuen zu übertragen. Die Schuldigen müssen klar identifiziert und der Gerechtigkeit übergeben werden, gleichzeitig muss aber ein Prozess der Aufarbeitung beginnen, die Forschung nach der Ursache, wie das alles passieren konnte. Es ist zu hoffen, dass das Tribunal diese wichtige Aufgabe überzeugend erfüllen kann.

Belgrad, Winter 1996

Jeden Tag zu Beginn der Nachrichtensendung auf dem staatlichen Fernsehkanal setzte in diesem Winter ein ohrenbetäubender Lärm in der Stadt ein. Demonstranten auf der Straße und an den Fenstern ihrer Wohnungen bedienten sich aller erdenklichen Mittel, Lärm zu erzeugen, wobei Kochtöpfe, Trommeln, Hupen und Pfeifen die beliebtesten Instrumente waren. Das war die Antwort der Bevölkerung auf die Manipulation der Medien durch das Regime, die Leute beschimpften die Sprecher der Nachrichten als Lügner und wollten ihre Stimme lauter erheben, als es dem Regime durch das Fernsehen möglich war. Zugleich zogen jeden Tag Tausende durch die Straßen und demonstrierten gegen die Aberkennung des Siegs der vereinigten Opposition bei den kürzlich durchgeführten Wahlen auf Gemeindeebene. Nach langen Jahren des unablässigen Streits hatten sich die vielen Oppositionsparteien auf

ohrenbetäubend- deafening

eine gemeinsame Liste geeinigt und prompt die meisten Städte für sich gewonnen. Der Schock im Establishment saß tief, und es wurden alle Mittel eingesetzt, die Opposition um ihren Sieg zu bringen. Die Straße, in der ich wohnte, die Kneza Miloša, war eine der Hauptadern für die täglichen Demonstrationen. Tagsüber wurden mit Dutzenden Bussen regimetreue Demonstranten von außerhalb Belgrads herangekarrt, um im Zentrum für Milošević zu marschieren, am Abend gehörte die Straße seinen Gegnern. Die Regimetreuen erhielten Bargeld und ein Esspaket für ihre Teilnahme; vor meiner Haustür stapelten sich jeden Tag die weggeworfenen Speisereste.

Auf diese Weise wurde mehrere Wochen lang ohne konkrete Ergebnisse demonstriert und gegendemonstriert, bis am 24. Dezember Milošević selbst vor seinen getreuen Demonstranten aufzutreten beabsichtigte. Der Ort seines Auftrittes wurde großräumig von Polizei und Paramilitärs abgeriegelt, damit seine Gegner ihm nicht zu nahe kommen konnten. Im gesamten Zentrum wurden jeweils Hundertschaften von bewaffneten und mit Vollvisierhelmen ausgerüstete Sicherheitskräfte an allen Kreuzungen und entlang der großen Straßen positioniert. Ich versuchte, von meiner Wohnung in das Zentrum zu gelangen, wofür ich normalerweise zwanzig Minuten benötigte. An diesem Tag schaffte ich es kaum in anderthalb Stunden, da ich jeweils großräumig die Polizeikordons umgehen musste. Die Spannung war förmlich greifbar, und zwei große Massen von Demonstranten bewegten sich auf das Zentrum zu, wo beide ihre jeweiligen Anführer unterstützen wollten. Auf der Oppositionsseite redete sich Vuk Drašković den Hals heiser, damals der einflussreichste Regimekritiker. Schließlich gelang es mir, bis zur Tribüne Milošević´ vorzudringen und konnte seine Rede mitverfolgen. Nach einer endlosen Rede entschwand er und wurde schwer bewacht weggebracht, die Besorgnis um gewalttätige Auseinandersetzungen war offenbar sehr groß gewesen. Es schien, dass beide Lager sich der Konsequenzen eines gewalttätigen Aufeinandertreffens bewusst waren und verhielten sich daher diszipliniert.

Nach diesem Höhepunkt liefen sich allmählich die Demonstrationen der Opposition tot, da sie das Regime einfach gewähren ließ und Provokationen ausblieben. Nach fast drei Monaten gab Milošević nach und anerkannte die Wahlergebnisse. So überließ das Regime der Opposition die Verwaltung der Gemeinden, in denen sie gesiegt hatte, darunter die größten Städte des Landes, Belgrad und Niš. Die Opposition war im Siegstaumel, erstmals seit vielen Jahren war ihr ein Sieg gelungen. Nach den vielen Jahren, in denen sie keinen Zugang zu den angenehmen Seiten der Macht hatten, verhedderten sich die diversen Oppositionsparteien in der Aufteilung der ihnen plötzlich zugefallenen Ressourcen der Gemeinden. Innerhalb kürzester Zeit zerfielen die Koalitionen der verschiedenen Oppositionsparteien und vielerorts konnte die Sozialistische Partei mittels Überläufern, denen allerlei versprochen wurde, rasch die Kontrolle über die wichtigsten Gemeinden wieder erlangen. Des weiteren verabschiedete die Regierungspartei auf Ebene der Republik ein Gesetz, das den Gemeinden den Großteil der bisherigen Kontrolle über deren Budget entzog. Da folglich die Gemeinden nicht mehr in der Lage waren, den Bürgern konkrete Verbesserungen des täglichen Lebens zu ermöglichen, verloren die frisch gewählten Mandatare der Opposition rasch das Vertrauen der Bevölkerung. Innerhalb weniger Monate konnte die SPS die Gemeinden wieder zurückgewinnen, ohne dass jemand auf die Straße gegangen wäre.

Belgrad, 7. Oktober 2000

Um 10 Uhr vormittags waren die Straßen der Stadt wie leergefegt. Leichter Nebel lag über der Stadt, nur einige vereinzelte Passanten und Autos waren auf den Straßen zu sehen. Die Ruhe nach dem Sturm war unheimlich. Tagelang berichteten sämtliche Fernsehstationen, allen voran das unvermeidliche CNN, über den Aufstand des Volkes gegen den Diktator. Tagelang lag Bürgerkrieg in der Luft und das Schlimmste wurde befürchtet.

Aus einer Laune heraus, aus Selbstüberschätzung oder einfach Dummheit rief Slobodan Milošević, Präsident der Bundesrepublik Jugoslawien, Präsidentenwahlen für den 24. September 2000 aus. Sein Mandat wäre erst Juni 2001 ausgelaufen. Des weiteren wurde das Wahlgesetz geändert und anstelle des Parlamentes wurde es dem Volk erlaubt, seinen Präsidenten im Amt zu bestätigen. Niemand zweifelte im Juli ernsthaft daran, dass Milošević die Wahlen gewinnen würde. Er würde die Wahlen nicht ausrufen, wenn er nicht dafür Sorge trüge, diese auch zu gewinnen. Unerwartet einigte sich die Opposition (mit Ausnahme des merkurischen Vuk Drašković) auf einen gemeinsamen Kandidaten für das Präsidentenamt, Vojislav Koštunica. Und nach den langen Jahren der Unterdrückung, der Kriege und des Niedergangs erhob sich endlich der Volkszorn. Seit dem Winter 1996 trat die Opposition erstmals wieder geeint an. Des weiteren hatte sich innerhalb kürzester Zeit die äußerst engagierte und einfallsreiche Studentenbewegung *Otpor! (Widerstand)* gebildet, die im ganzen Land Zellen des Widerstandes und der Aktion aufbaute. Diese beiden Faktoren bewirkten, dass die Opposition erstmals eine reelle Chance auf einen Wahlsieg hatte. Und das Volk war entschlossen, sich diese Chance einer geein-

[handschriftliche Notizen am unteren Rand:]
ausreifen - to age, to mature
reell - realistic, fair, good, real
eine reelle Sache - square deal
reelle Preis - good value for the Money

73

ten Opposition nicht nehmen zu lassen und den Diktator aus dem Amt zu fegen. Milošević behauptete am Wahlabend, die Wahl gewonnen zu haben. Dasselbe tat Koštunica. Das Volk wollte den alten Lügen und Lügnern nicht mehr glauben und schlug sich instinktiv auf die Seite Koštunicas. Der Sicherheitsapparat, der bislang das Regime gestützt hatte, war sich seiner Sache nicht mehr sicher und lieferte ein Rückzugsgefecht. Das befürchtete Blutbad blieb daher aus, ebenso die zweite Runde der Präsidentenwahlen, die Milošević noch durchführen wollte. Er gab aber damit zu, die Wahlen nicht gewonnen zu haben, was das Volk in seinem Willen zum Widerstand bestärkte.

Es kam zum letzten Aufbäumen vor dem Bundesparlament. Über viele Jahre hatten die Demonstrationen in Belgrad auf dem Platz der Republik stattgefunden. Die Behörden versuchten, intelligenter als Volk zu sein und verboten nun die Abhaltung von Kundgebungen auf dem mittlerweile symbolträchtigen Platz der Republik. Statt dessen wurde der Platz vor dem Parlament den Demonstranten zugewiesen. Während es aber völlig sinnlos gewesen wäre, das Theater oder das Museum auf dem Platz der Republik zu stürmen, machte es sehr wohl Sinn, das Parlament zu stürmen. Das Regime hatte seinen letzten fatalen Fehler begangen. Das Volk ergriff seine Chance und jagte den Tyrannen davon. Zwar wurden noch Sicherheitskräfte in die Vororte Belgrads zusammengezogen und auch auf einem Hochhaus gegenüber dem Parlament bedrohlich positioniert, diese verweigerten aber den Gehorsam. Auch sie hatten endlich erkannt, dass das Volk nicht der Feind des Volkes sein kann.

Einen Tag später hatten wir einen Termin bei Koštunica. Wir waren als Vertreter der OSZE gekommen, da in die-

sem Jahr Österreich den Vorsitz dieser Organisation inne-
hatte. Wir fuhren durch die menschenleere Stadt zum
Palast der Föderation. Die Demonstrationen und Freuden-
feiern hatten die ganze Nacht gedauert, die Leute waren
anschließend schlicht und einfach schlafen gegangen, im
Bewusstsein, den Kampf für sich entschieden zu haben.
Noch aber war Milošević formell Präsident, Koštunica
noch nicht vereidigt und ein Eingreifen der Sicherheits-
kräfte noch im Bereich des Möglichen. Der monströse Palast der Föderation war ebenfalls men-
schenleer. Dieser Betonklotz wurde vom sozialistischen
Jugoslawien als Sitz der Bundesregierung und der Vertreter
der Republiken gebaut. Weitläufig, leer, trostlos und sinnentleert war er durch den Zerfall Jugoslawiens geworden.
Keine Sicherheitskräfte, kein Protokoll war zu sehen. Ein
einsamer Beamter in Zivilkleidung empfing uns, sichtlich
erfreut über die ersten ausländischen Gäste nach dem
Umsturz. Nervosität lag in der Luft, aber keine Spannung.
Wir gingen die mächtige Stiege hinauf, es war leer und kalt.
Wir wurden in ein Konferenzzimmer geführt und wenig
später erschien der Mann, der Milošević gestürzt hatte.
Obwohl er einen wochenlangen Wahlkampf geführt, tagelang die Revolution angeführt und erst wenige Stunden
zuvor vom Balkon des Parlamentes wagemutig seinen Sieg
verkündet hatte, wirkte Koštunica frisch und entspannt. Er
war tadellos gekleidet, ruhig und überlegen, aber nicht
überheblich. Er strahlte Besonnenheit aus, aber auch Stolz
über das Erreichte. Auch die Erleichterung, dass es letztlich keine wirklich ernsthaften Auseinandersetzungen mit
den Sicherheitskräften gegeben hat, war ihm anzumerken.
Wie in einer akademischen Vorlesung stellte er seine
Absichten für die unmittelbar folgenden Schritte und mit-
telfristige Politik dar, in klaren, geordneten Gedanken.

innehaben - to hold, to occupy (office - Amt)

wagemutig - bold, courageous

Keine Hasstiraden gegen das alte Regime, keine Aufrufe zur Lynchjustiz. Priorität sei ihm die Einhaltung der Verfassung bei der Bestellung des neuen Präsidenten. Die Straße hatte zwar den Diktator von der Straße gefegt, der neue Präsident sollte aber durch die Institutionen ernannt werden. Der Verfassungsjurist Koštunica blieb auch in diesen dramatischen Stunden seinen Prinzipien treu.

Danach fuhren wir in das Zentrum, zum Parlament. Dieses war nur zwei Tage vorher gestürmt und dabei teilweise in Brand gesetzt worden. Wir konnten den Brandgeruch noch wahrnehmen, die Fensterscheiben waren zerschlagen, Papier lag auf der Straße. Es handelte sich dabei zum Gutteil um bereits ausgefüllte und zertifizierte Wahlzettel, die bereits für die zweite Runde der Präsidentenwahlen sorgsam vorbereitet worden waren und beim Namen "Milošević" angekreuzt waren. Als nach der Stürmung des Parlamentes diese gefälschten Wahlzettel von den Demonstranten entdeckt wurden, gab es kein Halten mehr, der Umsturz wurde entschlossen weitergeführt. In der ganzen Stadt waren praktisch keine Polizisten sichtbar, alles war ruhig und unter Kontrolle. Die Schlacht war geschlagen. Am Nachmittag belebte sich das Zentrum wieder, und freudestrahlende Menschen strömten zum Parlament, sangen und umarmten sich. Es sah eher nach Woodstock aus als nach einer Revolution. Laute Musik dröhnte von den Lautsprechern, einige Ansprachen wurden gehalten, aber niemand hörte wirklich zu. Es war vorbei, das Volk hatte sich seine Freiheit erkämpft.

Indirekt hatten wir auch als österreichischer Vorsitz der OSZE Anteil an der Wahlniederlage von Milošević. In den vielen Wahlen, die in Serbien bzw. Jugoslawien von 1986

erkämpfen - to eek out

76

bis September 2000 durchgeführt wurden, hatte die Sozialistische Partei Serbiens bestenfalls jeweils die relative Stimmenmehrheit errungen, aber immer die absolute Mehrheit der Mandate im serbischen und im Bundesparlament erhalten. Die traditionelle Zersplitterung der Opposition machte es den regierenden Sozialisten leicht, das Land zu regieren. Ein Grund für die überproportionale Erlangung von Mandaten für die SPS war die Weigerung der Kosovo-Albaner, an den vom Regime organisierten Wahlen teilzunehmen. So beteiligten sich im Kosovo bei all den Wahlgängen vor dem September 2000 höchstens jeweils 100.000 Serben, die tendenziell mehrheitlich für die SPS stimmten. Die Zahl der für den Wahlkreis Kosovo zu vergebenden Mandate entsprach aber dem tatsächlichen Bevölkerungsanteil von ungefähr anderthalb Millionen Menschen, also einem Fünftel der Wahlberechtigten in Serbien.

Für die Wahlen im September 2000 ließ das Regime trotz intensivster Bemühungen unsererseits als Vorsitz der OSZE, der EU und der USA keine unabhängige Wahlbeobachtung zu. Wir mussten befürchten, dass auch diese Wahlen manipuliert würden und Milošević wenigstens vier weitere Jahre im Amt verbleiben wurde, mit all den möglichen negativen Konsequenzen für die Stabilität der Region. Im Lichte der früheren Wahlgänge gab es in diesem Fall jedoch einen wesentlichen neuen Faktor, den wir auszunutzen entschlossen waren: Seit dem Ende des Kosovo-Krieges im Sommer 1999 war die internationale Staatengemeinschaft personell massiv im Kosovo vertreten. Neben vierzig tausend Soldaten der von den Vereinten Nationen entsandten KFOR-Truppen waren mehrere Tausend Mitarbeiter der Vereinten Nationen, der OSZE und der EU im Kosovo tätig und unterstanden nicht den serbischen Behörden.

Wir wussten, dass die Kosovo-Albaner auch dieses Mal, auch nicht bei Anwesenheit der internationalen Verwaltung bereit sein würden, an den Wahlen teilzunehmen. Dies hätte ihrem politischen Verhalten der vergangenen zehn Jahre widersprochen, da ein solcher Schritt die implizite Anerkennung des Regimes bedeutet hätte. Wir waren daher bestrebt zu verhindern, dass Milošević wiederum die anderthalb Millionen Phantom-Stimmen für sich beanspruchen würde. Die Lösung dieses Problems war letztlich ebenso einfach wie effizient. Der Leiter der UN-Verwaltung im Kosovo, Bernard Kouchner, sowie die dortige OSZE Mission wurden vom OSZE-Vorsitz ersucht, soviel ziviles internationales Personal wie möglich am Wahltag auf die Straße zu schicken und vor den offiziell von den serbischen Behörden der UNO bekanntgegebenen Wahllokalen festzustellen, wie viele Personen sich an den Wahlen beteiligen würden. Der Zutritt zu den Wahllokalen selbst wurde nicht unternommen, da die Frage der Rechtmäßigkeit der Wahlen im Kosovo in der UNO strittig war.

Der Schwerpunkt dieser ungewöhnlichen Art einer Wahlbeobachtung lag in den vorwiegend serbisch bewohnten Gebieten, aber auch die von Albanern bewohnten Gebiete wurden flächendeckend beobachtet. Wir konnten zwar nicht den tatsächlichen Ausgang der Stimmenabgabe in den einzelnen Wahllokalen verifizieren, sehr wohl aber die Gesamtzahl der maximal auf Milošević entfallenden Stimmen im Kosovo. Aufgrund dieser Taktik konnte am Ende des Wahltages von Seiten der Vereinten Nationen zweifelsfrei erklärt werden, dass sich in etwa 45.000 Menschen an den Wahlen beteiligt hatten. Gesetzt den unwahrscheinlichen Fall, dass alle für Milošević

vorwiegend- predominant, prevailing

·78

gestimmt haben sollten, war diese Zahl dennoch weit von den möglichen anderthalb Millionen Wählern entfernt. Ich konnte mich des Eindrucks nicht verwehren, dass in der Planung in Belgrad diese Wendung der Ereignisse nicht im Entferntesten vorhergesehen worden war.

Am Tag nach der Wahl konnte die OSZE bereits in der Früh eine offizielle Erklärung herausgeben, dass aufgrund der von unabhängigen serbischen Wahlbeobachtern und den Oppositionsparteien aufgezeigten Manipulationen und des festgestellten maximalen Stimmenanteil im Kosovo der Kandidat der Opposition die meisten Stimmen erhalten haben musste. Innerhalb kürzester Zeit schloss sich die internationale Staatengemeinschaft diesem fundierten Urteil an und verweigerte die Anerkennung des von den serbischen Behörden vorgelegten Wahlergebnisses. Selbst die Russische Föderation, die lange Zeit einer der treuesten Verbündeten des Regimes gewesen war, konnte sich dieser Dynamik nicht entziehen.

Das serbische Volk hatte sicherlich ohne Einmischung von außen den Diktator aus dem Amt gewählt. Es ist aber ebenso sicher, dass es durch die beschriebene Taktik gelungen war, den Schwindler vor den Augen der Weltöffentlichkeit zu ertappen. Milošević konnte daraufhin seine Position noch einige Tage aufrecht erhalten, musste aber letztlich einsehen, dass der Druck von der Straße und dem Ausland zu groß geworden war.

Auf dem Weg durch Belgrad waren aber auch die Verwüstungen noch immer drastisch zu erkennen, die der Angriff der NATO in Belgrad hinterlassen hatte. Während meiner Zeit in Belgrad hatte ich in der Kneza-Miloša-Straße gewohnt, in der sich auch die meisten Regierungsgebäude befanden. Die Straße war kaum wiederzuerken-

verwehren - to refuse sth

nen. Keine fünfzig Meter von meinem Haus entfernt war das serbische Innenministerium nur mehr ein Trümmerhaufen, sogenannte intelligente Bomben hatten auf den Meter genau in der Mitte der Fassade eingeschlagen. Das Verteidigungsministerium und das Gebäude der serbischen Regierung, die in etwa fünfhundert Meter von meinem Haus entfernt lagen, waren durch ähnlich präzise Treffer zerstört worden. Ich suchte meinen Vermieter auf, der im gleichen Haus wohnte und fragte ihn, wie er den Angriff überstanden hätte. Er sagte nur, ich solle nicht danach fragen, er hätte zwei Monate im Keller verbracht, während in unmittelbarer Nähe die Bomben einschlugen. Da ich dieses furchterregende Gefühl aus Zagreb kannte, wusste ich nur zu genau, wovon er sprach.

Zur Zeit der Bombardierung Jugoslawiens seitens der NATO hatte ich meinen Posten Belgrad schon verlassen. So verfolgte ich von meinem neuen Posten Kairo aus die Ereignisse auf CNN und erstarrte jedes Mal, wenn ein mir vertrautes Gebäude im verwüsteten Zustand gezeigt wurde. Die meisten Regierungsgebäude hatte ich während meiner Tätigkeit in Belgrad betreten, auch die mehr oder weniger irrtümlich getroffene Chinesische Botschaft. Ebenso die Brücke im Kosovo, auf der ein Eisenbahnzug in die Luft gesprengt wurde, hatte ich mehrmals befahren. Es war schockierend, die Aufnahmen der Bombenkameras zu sehen, die in verwackelten Schwarz-Weiß-Bildern den Anflug auf diese Gebäude dokumentierten, bevor diese von einem Flimmern ersetzt wurden. Bei aller Antipathie dem Treiben des Regimes gegenüber war dies alles für mich nur schwer nachvollziehbar.

furchterregend - fearsome, formidable

80

KOSOVO

Priština, März 1996

Meiner ersten Reise nach Priština sah ich mit großer
Spannung entgegen. Die Problematik des Kosovo war
neben der allgemeinen repressiven Politik des Regimes das
wichtigste innenpolitische Thema geworden. Nach dem
Ende des Bosnienkrieges verfügte der serbische Staat wieder über mehr Ressourcen an Polizei und Militär, um die
Unruheprovinz noch enger an die Kandare nehmen zu
können. Die schlimmsten Gerüchte kursierten über die
Zustände im Kosovo, die Regierungspropaganda hielt dem
entgegen, was die Kosovo-Albaner den Serben antaten,
niemand konnte mehr zwischen Wahrheit und Erfindung
unterscheiden. Ich sollte an einer Veranstaltung unabhän-
giger kosovarischer Medien teilnehmen, um einen Über-
blick über die Zensur zu erhalten, und ich sollte Ibrahim
Rugova treffen, den informellen Präsidenten der Kosovo-
Albaner. Also machte ich mich von Belgrad aus auf den
Weg in das vier Stunden entfernte Priština. Obgleich kein
Schild darauf verwies, dass man im Kosovo angekommen
war, war dies deutlich zu erkennen und auch ohne Blick auf
die Landkarte wusste ich, dass ich mich nunmehr in dieser
Provinz befand: Die serbischen Bauernhäuser, die unseren
Bauprinzipien folgen, verschwanden und die für den Ori-
ent so charakteristischen mit hohen Mauern umgebenen
Gehöfte prägten ohne Übergang die Landschaft, ebenso
die Moscheen und die typischen weißen Wollkappen der
Albaner. Männer versammelten sich bei den Moscheen
zum Mittagsgebet, Frauen waren kaum zu sehen. Viele
Pferdefuhrwerke waren in Gebrauch, die meisten Men-

zwischen Wahrheit und Erfindung unterscheiden

schen gingen zu Fuß, es war fast eine ländliche Idylle. Getrübt wurde diese jedoch durch die in kurzen Abständen anzutreffenden Kontrollpunkte der serbischen Polizei, die alles andere als einen freundlichen Eindruck erweckten. Zu dieser Zeit hatten die ersten Angriffe der sogenannten kosovarischen Befreiungsarmee (UCK) stattgefunden, und die Polizisten waren sichtlich nervös. Vor den Kontrollpunkten bildeten sich lange Warteschlangen, jeder musste aussteigen, und die Autos wurden genauestens auf Waffen untersucht.

Endlich kam ich in Priština an, einer eher tristen Provinzstadt, die aus einer Mischung aus hässlichen sozialistischen Prunkbauten und einigen islamischen Gebäuden, vornehmlich Moscheen bestand. Dominiert wurde die Stadt von dem riesigen Stadion, dessen Stil und Größe stalinistisch anmuteten. An jeder Straßenecke stand bewaffnete Miliz und führte häufige Kontrollen durch. Man hatte den Eindruck, in einem Bürgerkrieg zu sein. Ich quartierte mich im Grand Hotel ein, ebenfalls einem sozialistischem Ungetüm, in dem ich einer der wenigen Gäste war und mich dementsprechend unwohl fühlte. Es war Abend geworden und es begann wolkenbruchartig zu regnen. Dennoch wollte ich nicht im Hotel essen und machte mich auf den Weg durch die mittlerweile ausgestorbene Stadt. Es war kalt, nass und unfreundlich, irgendwie genau so, wie ich es mir vorgestellt hatte. In meiner Not betrat ich das nächstbeste Lokal und hatte zunächst keine Ahnung, ob dies ein von Serben oder Albanern frequentiertes Lokal war, da die wenigen Gäste nur gedämpft miteinander sprachen. Da ich kein Wort Albanisch sprach, musste ich auf serbisch bestellen. An den funkelnden Augen erkannte ich allerdings sofort, dass es ein von Albanern frequentiertes Lokal war und so setzte ich sicherheitshalber meine Bestel-

getrübt - clouded, diluted

anmuten - to appear

das Ungetüm - Monster

lung auf Englisch fort. Diese zwei Sekunden der Reaktion auf meine Verwendung der serbischen Sprache verriet mir deutlicher die Tiefe der gegenseitigen Abneigung als alle politischen Gespräche, die ich in der Folge führte, und es stimmte mich sehr traurig. Als ich wieder in das Hotel zurückging, schüttete es weiterhin, und alles machte einen sehr depressiven Eindruck auf mich, es war schon zu spüren, was noch kommen würde.

Tags darauf nahm ich an der Medienveranstaltung teil, und mein erster Eindruck wurde dadurch nur vertieft. Die Lage der albanisch-sprachigen Medien war katastrophal, Lösungen waren kaum in Sicht, die Repressionen nahmen jeden Tag zu. Danach traf ich mit anderen Diplomaten Ibrahim Rugova, auf den sich die Hoffnungen aller Kosovo-Albaner konzentrierten. Sein Büro, quasi der Amtssitz des vom Staat nicht anerkannten Präsidenten des Kosovo, lag hinter dem Stadion und war kaum zu finden. Ein winziges Gebäude, das eigentlich der Sitz des Schriftstellerverbandes des Kosovo war, beherbergte Rugova (der auch Präsident dieses Verbandes war) und kauerte neben dem Stadion, was beredter Ausdruck der tatsächlichen Situation war. Rugova war sehr freundlich und bescheiden, machte jedoch keinerlei Eindruck auf mich. Er redete unentwegt von der Unabhängigkeit des Kosovo (Kosova auf Albanisch) und verlangte Unterstützung von der internationalen Staatengemeinschaft. Auf Nachfrage nach einem konkreten politischen Programm, wie dieses Ziel zu erreichen sei, kam nichts. Es war offenkundig, dass die Kosovo-Albaner äußerst geschickt waren, ein paralleles System aufzubauen und sich vom Staat völlig zurückzuziehen, aber über keine weitergehende politische Strategie verfügten. Die kommenden Ereignisse, nämlich die Zunahme der gewaltsamen Zusammenstöße zwischen der

die Abneigung · aversion, disfavor, objection

Tags darauf

83

UCK und den staatlichen Sicherheitskräften, die schlussendlich im Krieg 1999 mündeten, warfen bereits ihre Schatten voraus. Das Problem war, dass Europa, mit wenigen Ausnahmen, die trügerische Ruhe im Kosovo völlig falsch einschätzte und sich viel zu spät ernsthaft an die politische Lösung des Konfliktes machte. Es ist ein altes Problem der Diplomatie, dass die entsandten Diplomaten vor Ort drohende Ereignisse bereits frühzeitig erahnen können, die jeweiligen Zentralen jedoch meist entweder aufgrund eines anderweitigen, bereits akuten Konfliktes abgelenkt sind oder sich scheuen, zu intervenieren, wenn die Lage noch ruhig erscheint.

Schillernder Höhepunkt dieses Besuches war ein Treffen mit Mahmut Bakalli, der in den 1970er Jahren Chef der Kommunisten des Kosovo gewesen war. Er war nun einer der führenden Köpfe des parallelen politischen Systems der Kosovo-Albaner, was er zu einem Gutteil sicherlich seinem Prestige als ehemaliger führender Politiker zu verdanken hatte. Seine Wohnung lag in einem der typischen hässlichen Wohnblocks, die nach dem Zweiten Weltkrieg in endlosen Reihen errichtet worden waren. Seine Wohnung war winzig, jedenfalls nicht repräsentativ für einen ehemaligen leitenden Funktionär des Systems. Was mich jedoch am meisten beeindruckte, war die umfangreiche Sammlung von Jagdtrophäen in seinem Wohnzimmer, in welchem man sich deswegen kaum bewegen konnte. Prunkstück war ein großer ausgestopfter Bär, den er mit Tito erlegt haben wollte. Neben diesen Trophäen gab es eine Unzahl von Fotos, die ihn gemeinsam mit Tito bei der Jagd zeigten. Während seines politischen Exkurses wurde Tee in türkischen Gläsern serviert, und er rauchte eine Wasserpfeife. Eine Gebetskette ließ er dabei unaufhörlich durch seine Finger gleiten. Ich kann mich nicht mehr erin-

das Prunkstück – center piece

nern, was Bakallis Rezept zur Lösung der Kosovo-Problematik gewesen war, ich weiß nur noch, dass es genau so unrealistisch war, wie das aller anderen kosovarischen Politiker.

Nur wenige Kilometer außerhalb Priština befindet sich der Ort Kosovo Polje, das Amselfeld. Während das Kosovo weitgehend gebirgig ist, liegt Priština in einer leicht hügeligen Ebene. Ein riesiges Kohlekraftwerk, phantasielos Block A und B benannt, verpestet die Luft, die Schlote sind kilometerweit zu sehen. Ansonsten hat die Gegend keine besonderen Merkmale. Etwas abseits der Straße liegt die Türbe, das Grabmal für die Eingeweide des osmanischen Sultans Murad. Es ist eigentlich ein Wunder, dass dieses Denkmal die Jahrhunderte überdauert hat. Erinnert es doch an die Schlacht auf dem Amselfeld vom St. Veitstag 1389, bei welcher der Sultan fiel. Das Gelände eignet sich jedenfalls hervorragend für ein Zusammentreffen zweier großer Armeen. Die christliche Koalition, die neben Serben auch aus Albanern und anderen Völkerschaften bestand, wurde von Zar Lazar angeführt. Dieser fiel im Laufe der Schlacht ebenfalls, mit ihm praktisch der gesamte serbische Adel.

An der Stelle der Schlacht erinnerte ich mich an eine Rezitation eines Guslar über die Schlacht auf dem Amselfeld, die ich einmal in Belgrad gehört hatte. Ein Guslar ist ein umherziehender Geschichtenerzähler, der seinen monotonen Sing-Sang auf einem einseitigen Streichinstrument begleitet. Neben der Kirche waren es diese Guslare, die die Erinnerung an den Untergang des serbischen Reiches in der Bevölkerung wach hielten. Der Beginn des Liedes soll im folgenden wiedergegeben werden, da es meiner Ansicht nach viele symbolbeladene Schlüssel zum Ver-

verpesten – to foul, pollute
der Guslar – gusle player (mus)
umherziehen – to rove about
die Erinnerung an + A wach hielten

85

ständnis der Kosovo-Problematik enthält. Der Beginn des Liedes lautet frei übersetzt:

Sultan Murad kam zum Amselfeld
Und als er kam, schrieb er diese Worte,
sandte sie zur Burg ins weiße Kruševac,
um sie zu legen auf Lazars Knie in seiner schönen Stadt.
"Lazar, Lazar! Herr der Serben,
was niemals war, wird niemals sein:
Ein Stück Land nur, aber der Herren zwei,
ein einzig Volk unter zwiefach Steuer.
Nicht beide können wir regieren hier.
Darum schick' Tribut und Schlüssel,
die güldenen Schlüssel, die die Städte öffnen,
Tribut für sieben Jahre.
Und sendest Du all dies nicht sogleich,
so geleite Deine Krieger hinab zum Amselfeld,
auf dass wir das Land mit dem Schwerte uns teilen."
Als Lazars Augen diese Worte erblickten, so weinten sie.
Wohlan, von Jerusalem, dieser heiligen Stätte,
flog ein großer grauer Vogel, ein Falke mit großem Fang,
haltend in seinem Schnabel eine zierliche Schwalbe.
Doch nein! Kein Falke ist's, dieser graue Vogel,
ein Heiliger ist's, der Allerheiligste Elias.
Und keine zierliche Schwalbe führet er mit sich,
sondern einen Brief der Mutter Gottes.
Er bringt den Brief zum Zar auf's Amselfeld,
um ihn auf dessen zitternde Knie zu legen.
Sprach der Brief folgende Worte zum Zar:
"Lazar! Lazar! Zar von noblem Geblüt,
welcher Art ist das Königreich, das Du begehrest?
Wirst die himmlische Krone Dir heut' erwählen?
Oder wirst die irdische Dir heut' erwählen?

Erwählst Du die irdische Dir, so sattle die Pferde,
straffe die Gurte, sag´ Deinen Rittern
ihre Schwerter zu gürten und greife an im Morgengrauen
die Türken und Dein Feind wird vernichtet.

Erwählst Du jedoch den Himmel, so errichte eine Kirche,
doch keine aus Stein, sondern aus Seide und Samt,
sammle um Dich Deine Krieger, nimm Brot und Wein.
Denn zugrunde gehen werden heute alle, auf ewiglich,
und Du, oh Zar, gehst mit ihnen unter."
Als der Zar diese heiligen Worte vernahm,
versinkt er in Gedanken, alle Arten von Gedanken:
"Oh liebster Gott, was soll ich tun und wie?
Soll die Erde ich erwählen? Soll den
Himmel ich erwählen? Und wenn ich also erwähle das
Königreich,
wenn ich also das irdische Königreich erwähle,
vergänglich sind ja die Königreiche auf Erden.
Ein himmlisches Königreich, im Dunkeln taumelnd,
währet ewiglich."
Und Lazar erwählte den Himmel, nicht die Erde,
erbaute eine Kirche auf dem Amselfeld,
keine aus Stein, sondern aus Seide und Samt,
rief zu sich den Patriarchen Serbiens,
rief zu sich die herrschaftlichen zwölf Bischöfe.
Er sammelte um sich seine Krieger, hieß sie,
mit ihm einzunehmen das seligmachende Brot und Wein.
Kaum er gegeben hatte seinen Befehl,
sich ergießen über das Amselfeld die Heerscharen der
Türken.

Die Antwort konnte nur sein, dass er das himmlische Reich wählen wolle. Offenbar hatte er bereits den Ausgang der Schlacht geahnt. Vielleicht wurde das Denkmal des Sultans von den Serben letztlich nicht zerstört, da der Sultan durch die Heldentat eines Serben fiel. Miloš Obilić, einer der Heerführer der christlichen Allianz hatte sich unter dem Vorwand überzulaufen zum Zelt des Sultans durchgeschlagen. In dessen Zelt vorgelassen stach er diesen mit einem Messer nieder, die Wachen des Sultans töteten ihn auf der Stelle. An der Stelle, wo dies passiert sein soll, wurde die Türbe errichtet. Die Serben sahen darin wohl eher eine Erinnerung an die Rache am feindlichen Heerführer.

Zu diesem Zeitpunkt war das große serbische Reich des Mittelalters bereits Geschichte. Die Dynastie der Nemanja hatte sich einige Generationen zuvor von der byzantinischen Oberhoheit befreien können und errichtete ein großflächiges Reich, das von der Donau im Norden bis schlussendlich weit ins heutige Griechenland im Süden reichte. 1196 wurde Stefan Nemanja, genannt Prvovenčani, der erstgekrönte König Serbiens – dies bedeutet sein Beiwort. Da sich die Nemanja gegen Byzanz aufgelehnt hatten, war nicht zu erwarten, dass sie ihre Krone von dort erhalten würden. Es ist daher interessant festzustellen, dass er seine Krone vom Papst aus Rom erhielt. Sein Bruder Sava hingegen wurde der Begründer der serbisch-orthodoxen Kirche. An diesen Umständen ist leicht zu erkennen, dass moderne nationalistische Ideologien nicht ohne weiteres auf das Mittelalter zurückgreifen können. Kategorien wie Nation und Religion hatten damals eine völlig andere Bedeutung als heute. (Eine weitere Ironie der Geschichte in diesem Zusammenhang stellt der Umstand dar, dass der erste kroatische König, Stjepan

hingegen - However, on the contrary

Držislav 969 seine Krone vom byzantinischen Kaiser Basileios II. erhielt, als Dank für die militärische Unterstützung gegen die aufständischen Bulgaren.) Nach weiteren Expansionen wurde Stefan Dušan Uroš IV 1331 zum "Zar der Serben, Griechen, Bulgaren und Albaner" gekrönt. Dies sollte kein ethnisches Verständnis begründen, sondern vor allem den Machtanspruch gegenüber Byzanz. Aufgrund mangelnder Ressourcen und der nicht untätigen Byzantiner zerfiel dieses große Reich, das nie konsolidiert gewesen war, rasch wieder in mehrere serbische Fürstentümer, nachdem die Dynastie der Nemanjiden bereits 1372 ausgestorben war. Den vorrückenden Osmanen konnten die christlichen Fürsten des Balkan daher keine schlagkräftige Armee entgegenstellen, jedenfalls keine, die der größten Streitmacht der damaligen Zeit gewachsen gewesen wäre. Die erste große Schlacht auf dem Balkan wurde 1371 an der Maritza geschlagen, die Osmanen verfügten über schier unerschöpfliche Ressourcen an Soldaten und über modernste Technik. Wenn auch die endgültige Eroberung der serbischen Gebiete noch lange Zeit, nämlich bis zum Fall der Donaufestung Smederevo im Jahre 1459, in Anspruch nehmen sollte, kann die Schlacht auf dem Amselfeld als ein Wendepunkt der Geschichte Südost-Europas angesehen werden. Der Vormarsch der Osmanen nach den Schlachten an der Maritza und im Kosovo war nicht mehr aufzuhalten, die Eroberung aller slawischen, albanischen und des Großteils der ungarischen Gebiete nur mehr eine Frage der Zeit.

Für die Serben bedeutete die Schlacht auf dem Amselfeld also nicht nur das endgültige Ende ihres Großreiches, schlimmer noch, für ein halbes Jahrtausend kamen sie unter eine Fremdherrschaft. Bitter musste erscheinen, dass der Legende nach ein Verrat in den serbischen Reihen ent-

schier – almost, mere, just about, nearly

scheidend zur Niederlage beitrug: Es wird berichtet, dass einer der serbischen Heerführer, Vuk Branković, nicht wie vereinbart mit seinen Männern am Kampf teilnahm, sondern sich absentierte, sobald die Osmanen die Oberhand gewannen. Zar Lazar wurde gefangen genommen und vom neuen Sultan hingerichtet. Das Thema Einheit bzw. Verrat spielte dergestalt im serbischen Nationalismus eine wesentliche Rolle. Die vier kyrillischen Buchstaben S im serbischen Wappen sollen für *Nur die Einheit rettet die Serben* stehen.

Die Osmanen waren jedoch keineswegs die Schreckensherrscher, als die sie in der Zeit des romantischen Nationalismus dargestellt wurden. (Zumindest trifft dies bis weit ins 18. Jahrhundert zu). Zunächst beließen sie auch einige der serbischen Fürsten als Vasallen in ihrer Stellung, so Stefan Lazar II., Despot von Serbien, der immerhin von 1389 bis 1427 regierte oder Vuk Branković, Herrscher von Prizren von 1389 bis 1398. Die Osmanen konnten auf diese Weise die neueroberten serbischen Lande besser kontrollieren. Zwangsbekehrungen zum Islam fanden nicht statt und zu Beginn war auch die Steuerleistung der Bauern eine geringere als unter den christlichen Feudalherren. Auch die serbisch-orthodoxe Kirche blieb weitgehend intakt und konnte ihre inneren Angelegenheiten selbst regeln. Über die Beurteilung der osmanischen Zeit lässt sich unendlich streiten. Tatsache ist aber auch hier, dass die Osmanen bewusst auf eine Islamisierung der christlichen Untertanen verzichtet haben und erst so das Überleben der serbisch-orthodoxen Kirche ermöglicht haben. Jedenfalls waren die Osmanen toleranter als das christliche byzantinische Kaiserreich. Zwar wurde nach dem Fall von Smederevo im Jahre 1459 das serbisch-orthodoxe Patriarchat aufgelöst. Die Osmanen haben im Jahr 1577 jedoch den

der Vasall(en) - vassal

serbischen Patriarchen wieder eingesetzt. Dies war nebenbei bemerkt auch ein klassischer Fall von Nepotismus, da der Großwesir Mehmed Paša Sokolović seinen Bruder Makarije Sokolović auf diesen Posten setzte. Es wurde auch keines der Klöster während der osmanischen Zeit zerstört. Erst nach den missglückten Aufständen im Gefolge der Kriege Prinz Eugens von Savoyen übertrugen die Osmanen die Verantwortung für die Kirche Griechen. Dennoch war es eine Fremdherrschaft und der Traum vom Großreich und die Erinnerung an die ehrenhafte Entscheidung Lazars blieben erhalten. Diese kleine Flamme der Erinnerung wurde durch den Nationalismus des 19. Jahrhunderts letztlich zu einem unkontrollierten Flächenbrand, der bis heute wütet.

Machen wir einen Sprung in die jüngste Gegenwart um zu sehen, wie dieser Flächenbrand ausgelöst wurde. Jahrhunderte der Fremdherrschaft und der ethnischen Verwerfungen mündeten schließlich in ein artifizielles kommunistisches System, welches quasi als Kontrapunkt zum Osmanischen Reich aufgefasst werden kann. Große Unzufriedenheit unter den serbischen Intellektuellen machte sich nur wenige Jahre nach dem Tode Titos Luft: Die angesehene Serbische Akademie der Wissenschaften verfasste 1985 ein Memorandum über die Lage der Serben in der jugoslawischen Föderation. Das nicht abgeschlossene Manuskript wurde einer Belgrader Zeitung zugespielt, welche es veröffentlichte. Ein Aufruhr ging durch die offiziell noch immer sozialistische Führungsschicht des Landes. Während praktisch alle führenden Politiker öffentlich das Memorandum und dessen nationalistische Orientierung verurteilten, schwieg sich in der Öffentlichkeit ein Politiker aus: der Belgrader Parteivorsitzende Slobodan Milošević.

Lediglich hinter verschlossenen Türen kritisierte er das Dokument.

Das Memorandum verurteilte das Tito-System, das den Serben am meisten von allen Völkern geschadet hätte. Die Verfassung von 1974 entzog die serbischen Provinzen Vojvodina und Kosovo der direkten Kontrolle Belgrads, schlimmer noch, Priština und Novi Sad konnten Gesetze auf Republikebene beeinspruchen, Belgrad aber nicht Gesetze der beiden Provinzen. Es wurde daran erinnert, dass der Kroate Tito immer gegen die Interessen der Serben gehandelt habe. Den Albanern im Kosovo wurde unterstellt, einen regelrechten Genozid an den Kosovo-Serben zu verüben, der Ruf nach Rache wurde laut.

Langsam, aber stetig begann sich der politische Diskurs in Serbien dieser Diktion anzuschließen. Dies war die Leiter, auf welcher der machtbesessene Milošević nach oben drängte. Sozialistische Tabus wurden aufgebrochen und die Medien wurden instrumentalisiert, welche nur mehr die anti-albanische Propaganda unverdrossen nachbeteten. Die Gebeine von Prinz Lazar wurden monatelang in Serbien und Kosovo zur Schau gestellt, um das Serbentum wiederzuerwecken. Die serbisch-orthodoxe Kirche stieg darauf ein. Nachdem sie jahrzehntelang von den Kommunisten bedrängt wurde, erhoffte sie sich durch die Kooptierung durch das Regime die Wiedererlangung der alten Bedeutung. Dass das Regime personell weitgehend deckungsgleich mit dem kommunistischen war, wurde dabei geflissentlich übersehen. Ebenso übersehen wurde dabei, dass das Regime immer tiefer in Richtung Faschismus und Krieg steuerte.

Jede Ideologie bedarf ihrer Symbole. Je mächtiger ein Symbol ist, um so gefährlicher kann es sein. Kosovo Polje, dieser unauffällige Ort in der tiefen Provinz, die bis vor wenigen Jahren kaum einem Europäer bekannt war, ist solch ein mächtiges Symbol. Jahrhundertelang wurde die Erinnerung an das groß-serbische Reich und die Schlacht auf dem Amselfeld durch die Kirche und Wandersänger, die Guslare, aufrecht erhalten. Die Kommunisten sind Meister der Propaganda und der Beeinflussung der Massen, verstehen sie sich doch als die Avantgarde dieser Massen. Es ist ein leichtes, die Symbole auszutauschen, um die Macht zu erhalten. Waren es zuvor die Erinnerungen an die heldenhaften Taten der Partisanen unter Tito, die das Volk zu einem Amalgam formen sollten, so wurden diese schnell durch die Symbole des Serbentums ausgetauscht (ähnliche parallele Prozesse fanden in den anderen Republiken statt). Zur 600-Jahrfeier der Schlacht lud Milošević zu einer großen Gedenkveranstaltung vor Ort. Gazimestan wird dieser Ort auch genannt, das klingt wie ein mythischer Platz aus der Vergangenheit. Hunderttausende waren gekommen, teils herangekarrt, teils aus genuinem Interesse.

Während die Menge und die Ehrengäste bereits ausharrten, flog Milošević per Hubschrauber, einem Erzengel gleich, vom Himmel herab und begab sich zum Rednerpult. In einer langatmigen Rede beschwor er die Einheit der Serben. Die Schlacht auf dem Amselfeld und die folgenden Jahrhunderte hätten immer gezeigt, dass die Uneinigkeit der Serben ihr größter Feind sei und nur Unglück über sie gebracht habe. Diese Zeit sei nun aber vorbei, versprach – drohte – Milošević. In der Rede fiel auch ein ominöser Satz, der sich fatalerweise bewahrheiten sollte: "Sechs Jahrhunderte später befinden wir uns heute wieder in Kriegen und werden mit neuen Schlachten konfrontiert. Dies sind keine bewaffneten Schlachten, obwohl diese nicht ausgeschlossen werden können." Solche Stellungnahmen sollten immer ernst genommen werden. Auch Hitler wurde zunächst belächelt, als er in "Mein Kampf" sein Programm darlegte, das er dann bis zum bitteren Ende durchführen sollte. Allerspätestens 1995 war für jeden Beobachter in Belgrad offenkundig, dass der Konflikt im Kosovo auf eine Katastrophe zusteuerte, da Milošević die volle Kontrolle über das Kosovo wiederherstellen wollte. Warnende Stimmen wurden jedoch weitgehend ignoriert. Der in Bosnien-Herzegowina tobende Krieg überlastete die Kanzleien der internationalen Gemeinschaft, für die Lösung eines noch friedlichen Konfliktes war kein Interesse und daher auch keine Ressourcen vorhanden.

Die Kosovo-Albaner nämlich versuchten mit friedlichen Mitteln gegen die Repression des Regimes anzukämpfen und ihr Recht der weitgehenden Selbstbestimmung zu wahren. Der Schriftsteller Ibrahim Rugova wurde in einer nicht genehmigten Wahl zum "Präsidenten" des Kosovo gewählt. Er erkannte, dass die kaum bewaffneten Albaner keine Chance in einem bewaffneten Kampf gegen den serbischen Staat haben würden. Auch von seinem persönlichen Naturell ist er alles andere als ein Krieger. Rugova verfolgte eine Politik der Apartheid in dem Sinne, dass die albanische Seite ein Parallelsystem zum offiziellen aufzog. Der Staat hatte praktisch alle Beamten albanischer Herkunft – Polizisten, Lehrer, Ärzte, Verwaltung – entlassen. In den staatlichen Schulen wurde der serbische Lehrplan eingeführt, es war keine Rede von Autonomie mehr. Die Kosovo-Albaner zogen sich regelrecht aus dem Staat zurück und unterhielten eigene Schulen, eine Universität und ein Gesundheitssystem. Auf der Straße regierten die staatlichen Sicherheitskräfte, in den Wohnungen, Hinterhöfen und Garagen arbeitete das parallele System, geduldet vom Regime.

zusteuern auf + A - to head for/toward

Dieser Zustand hätte wahrscheinlich noch viele Jahre andauern können, nicht zuletzt weil allen voran die USA, aber auch die EU nach dem Friedensschluss von Dayton im November 1995 Milošević freie Hand in Serbien und im Kosovo ließen. Solange er sich gegenüber dem Friedensprozess in Bosnien-Herzegowina kooperativ zeigte, blieb er Herr im eigenen Haus. Ein unvorhersehbares Ereignis jedoch veränderte das Kräftegleichgewicht im Kosovo: im Jahre 1997 kollabierte in Albanien die öffentliche Ordnung aufgrund von betrügerischen Finanzoperationen, in die der Großteil der Bevölkerung praktisch das gesamte Vermögen investiert und verloren hatte. In der Folge wurden die riesigen Waffendepots der Armee von der Bevölkerung geplündert, hunderttausende automatische und andere Waffen gelangten so auch in die Hände von Kriminellen und Waffenschmugglern. Unverzüglich wurden beträchtliche Mengen dieser Waffen über die grüne Grenze in das Kosovo geschafft. Eine bis dahin nur eher schemenhaft auftretende "Kosovarische Befreiungsarmee" konnte aufrüsten und vermehrt serbische Sicherheitskräfte angreifen. Da die Aufständischen eine "hit-and-run"-Taktik verfolgten, waren sie jedoch kaum greifbar. Die Sicherheitskräfte antworteten auf Provokationen daher mit mehr oder weniger brutalen Aktionen gegenüber der zivilen Bevölkerung, eine Spirale der Eskalation war somit in Bewegung gesetzt. Da Belgrad nicht an einer Beruhigung der Lage interessiert war, geriet diese Spirale im Laufe des Jahres 1998 außer Kontrolle. Diesem Treiben konnte der "Westen" schließlich nicht mehr tatenlos zusehen. Nachdem mehr oder weniger ernst geführte Verhandlungen scheiterten, antwortete die NATO mit einem mehr als zweimonatigen Militäreinsatz gegen Jugoslawien.

allen voran

95

Peć, Juli 1996

Die Straße von Priština nach Peć führte mich durch eine hügelige, sanfte Landschaft. Viele Menschen waren mit Pferdefuhrwerken unterwegs, die Felder wurden bestellt. Alle paar Kilometer gab es die obligate Polizeikontrolle. Oberflächlich erschien alles ruhig, fast eine Balkan-Idylle. Die Gräber auf den Friedhöfen hatten zwei jeweils Grabsteine nach islamischer Sitte. Mir fielen die vielen Kinder auf, die sich in den Dörfern auf den Straßen tummelten. In Belgrad sah man im Gegensatz dazu kaum Kinder. Wie sehr beschäftigte dieses Thema der Bevölkerungsexplosion der Albaner die politische Diskussion!

Gegen Westen zu wurde die Landschaft gebirgiger und erinnerte mich stark an die Alpen. In Peć, inmitten des albanischen Meeres, erreichte ich die Insel des serbisch-orthodoxen Patriarchats. Am Eingang zur Schlucht, die in die wildromantischen Rugova-Berge führt, befindet sich kauernd das Kloster von Peć mit der Kirche. Von der Straße aus war das Kloster kaum zu sehen, sodass ich zunächst daran vorbei fuhr. Wahrlich ein von der Welt abgeschiedener Platz, weg vom hektischen Treiben des täglichen Lebens. Ich war früh unterwegs, und in der Kirche zelebrierten einige Nonnen mit einem Priester die Messe. Die byzantinischen Gesänge hallten durch die Kirche, der Weihrauch tat sein Übriges. Ich fühlte mich in das Mittelalter zurückversetzt, die Zeit schien seit den Tagen des Zaren Dušan stehengeblieben zu sein. Im Klostergarten blühten die Blumen, friedlich plätscherte das Wasser. Es war kaum vorstellbar, dass diese bescheidene und abgelegene Anlage lange Zeit der Sitz des Patriarchen war. Wie weit entfernt von Rom liegt dieser Ort!

Kauernd - cowering. squatting

Aber der friedliche und abgeschiedene Eindruck täuschte. Peć war schon lange in einer fragilen Lage. Der Exodus der Serben unter Patriarch Arsenije III. Crnojević im Jahr 1690 im Gefolge der österreichisch-osmanischen Kriege führte letztendlich zur völligen Umgestaltung der Bevölkerung im Kosovo. Ein langer, unaufhaltsamer Prozess hat dazu geführt, dass Anfang der 90er Jahre des 20. Jahrhunderts neunzig Prozent der Bevölkerung des Kosovo Albaner waren, während die Serben lange die Mehrheit gestellt hatten. Die Wiege des Serbentums ist in andere Hände übergegangen. Ohne einer Seite die Lanze brechen zu wollen, muss man sich vergegenwärtigen, welche Symbolkraft von solchen Plätzen ausgeht. Auch die demokratische Führung in Belgrad kann nicht so ohne weiteres ein Territorium abtreten, das so einen zentralen Teil der Nationalpsyche einnimmt. Da sich die Serben vornehmlich durch ihre autokephale orthodoxe Kirche von ihren slawischen Brüdern unterscheiden, ist der alte Sitz des Patriarchates aus dem goldenen Zeitalter einer der Identifikationspunkte der serbischen Nation. Darin liegt einer der wesentlichen Gründe des Kosovo-Konfliktes. In Europa und vielen anderen Teilen der Welt ist es seit Jahrhunderten zu Verschiebungen in der ethnischen Zusammensetzung von Gebieten gekommen, ohne dass dies auch notwendigerweise auch in der Moderne zu Konflikten führen muss. Vielleicht hätten die Serben den Auszug aus dem Kosovo vor mehr als dreihundert Jahren schon längst verwunden, wenn nicht das kollektive Bewusstsein diesen Platz mit zwei fundamentalen Identifikationspunkten der serbischen Nation verbinden würde: die Schlacht auf dem Amselfeld vom 28. Juni 1389 und eben den serbisch-orthodoxen Klöstern und dem ursprünglichen Sitz des Patriarchats. Bis heute ist ungeklärt, ob die Schlacht auf dem Kosovo Polje tatsächlich eine Niederlage der Serben und ihrer Verbündeten war und wer diese Verbündeten genau waren. Es dürften auch viele Albaner auf Seiten der christlichen Koalition gekämpft haben, aber die Wertschätzung dieses Engagements hängt von der jeweiligen Perspektive ab. Des weiteren wurde Serbien erst Jahrzehnte später tatsächlich dem osmanischen Reich einverleibt. Tatsache ist, dass das Kollektiv diese Schlacht mit der Uneinigkeit der Serben identifiziert, welche unweigerlich in die Niederlage und der daraus folgenden 500jährigen osmanischen Unterdrückung gemündet habe.

Das Patriarchat wurde gespalten und ein Teil nach Südungarn, nach Sremski Karlovci, verlegt. Im Jahre 1766 wurde das Patriarchat Peć von den Osmanen aufgelöst. Österreich hat in den vergangenen Jahrhunderten wiederholt und teilweise massiv in die Geschicke des Balkan eingegriffen. Der Exodus der Serben sollte diese vor der Rache der Osmanen schützen. Sie fanden im damaligen Südungarn, der heutigen Vojvodina, Aufnahme durch die Habsburger. Auch die Schaffung der orthodoxen Grenzbevölkerung in der sogenannten Krajina geht auf die Politik der Habsburger zurück. Die Kolonisten aus dem Kosovo wurden auch entlang der Grenze zum osmanischen Reich angesiedelt, um einen Puffer zu bilden. Sie konnten unter dem katholischen Landesherrn ihre orthodoxe Religion ungehindert ausüben. Ein Gutteil des Kosovo-Problems und der serbischen Krajina im heutigen Kroatien geht auf diese Maßnahmen zurück. Zu einer Zeit, in der die Erfindung des Nationalstaates noch lange Zeit in der Zukunft lag, konnte man die Folgen nicht absehen.

Zu dieser Zeit, also dem Beginn des 18. Jahrhunderts, war ohnehin keine Rede davon, dass das Kosovo jemals wieder von einem unabhängigen Serbien kontrolliert würde. Der im Laufe des 19. Jahrhunderts geschaffene serbische Staat umfasste nur die Šumadija, Südserbien und das Kosovo verblieben in osmanischer Hand. Serbien konnte sich zwar vom Kosovo-Mythos nähren, hatte aber keinen Zugriff auf dieses Gebiet. Erst zu Beginn des 20. Jahrhunderts ergab sich die Möglichkeit, dieses Gebiet dem serbischen Staat einzuverleiben. Im ersten Balkankrieg 1912 gelang es den Armeen Serbiens und Montenegros, das Kosovo zu erobern. Die siegreichen Soldaten fielen angesichts des Amselfelds auf die Knie und dankten Gott, dass sie diese heilige Erde wieder zurückerobert hatten. Als sie die Ebene überquerten, zogen sie ihre Stiefel aus, um die toten serbischen Helden nicht in ihrer Ruhe zu stören. Ein halbes Jahrtausend später ziehen Soldaten ihre Stiefel im Gedenken an ihre Vorfahren aus. Das ist nicht nur Ausdruck eines oberflächlichen Nationalismus oder von territorialen Ambitionen. Jede politische Lösung des Kosovo-Dilemmas muss ein so tief liegendes Gefühl in der einen oder anderen Form berücksichtigen, sonst wird es keine Lösung sein. Mir scheint dies noch in weiter Ferne zu liegen.

Priština, Juni 2000

Als ich nach vier Jahren wiederum die Gelegenheit hatte, nach Priština zu fahren, war der Konflikt zwischenzeitlich wie erwartet eskaliert und hatte viele tausend Menschenleben gefordert, Hunderttausende waren zeitweise vertrieben worden. Nachdem von Seiten Europas und der USA der Konflikt jahrelang nicht wahrgenommen worden war, war es letztlich für eine politische Lösung zu spät gewor-

Zwischenzeitlich

den. Die Kosovo-Albaner hatten vergeblich gehofft, dass ihr Bestreben nach Unabhängigkeit im Zuge der Dayton-Verhandlungen für einen Friedensschluss in Bosnien-Herzegowina ebenfalls erreicht werden könnte. Die Verhandler wollten bzw. konnten sich nur auf Bosnien konzentrieren, außerdem wollte man Milošević wie erwähnt freie Hand in seinem eigenen Land lassen als Gegengeschäft für sein Stillhalten in Bosnien. Die Verhandlungen von Dayton waren wahrscheinlich der letzte Zeitpunkt für eine Verhandlungslösung gewesen, ab dann drehte sich die Schraube der Eskalation immer schneller. Die Verhandlungen von Rambouillet bei Paris zu Beginn des Jahres 1999 konnten die mittlerweile völlig festgefahrenen Positionen nicht mehr bewegen, die letzte Phase der Eskalation musste ihren Lauf nehmen. Am 24. März 1999 begann als Antwort des Westens, vielmehr der USA, die NATO-Aktion gegen Jugoslawien. Seither wurde viel geschrieben über die Frage der Rechtmäßigkeit und Notwendigkeit dieser Angriffe, die auch viele zivile Opfer forderten. Meiner Ansicht nach ist es noch zu früh, ein endgültiges Urteil darüber abzugeben, da die tatsächlichen Auswirkungen dieses auf zwei Ebenen geführten Krieges frühestens erst in einer Generation erkennbar sein werden. Die NATO-Aktion wird sich daran beurteilen lassen müssen, ob eine dauerhafte Lösung für das Kosovo gefunden wurde. Wenn es in den kommenden Jahren nicht gelingt, diesen labilen Teil Europas endlich dauerhaft zu stabilisieren, so wäre auch diese schmerzvolle Intervention der internationalen Staatengemeinschaft gescheitert: Weder dem Berliner Kongress 1878, den Pariser Vororteverträgen nach dem Ersten Weltkrieg, den Konferenzen von Yalta und Teheran während und nach dem Zweiten Weltkrieg, den Bestrebungen Titos zur Schaffung eines Staates aller Balkanvölker, den

labil - disorientid, unstable. weak

100

Bemühungen der Europäischen Gemeinschaft zu Beginn der 1990er Jahre, der Daytonkonferenz 1995, noch der Rambouillet-Konferenz und der NATO-Aktion 1999 war es bisher beschieden, den Balkan dauerhaft zu beruhigen. Allein der lokalen Bevölkerung und Politikern daran die Schuld zu geben, wäre allerdings zu einfach – wenn es auch bequem ist und das Scheitern aller internationalen Bemühungen fatalistisch interpretiert. Die divergierenden, viel zu oft konträren Interessen der jeweiligen Großmächte und anderer interessierter Mitspieler haben vielfach mehr zerstört, als lokal wieder aufgebaut werden konnte. Mein erster Eindruck in Priština nach dem Krieg war kein positiver. Wohl gab es keine serbische Polizei mehr, die die Bevölkerung drangsalierte, die massenhaft anwesenden Soldaten der KFOR samt ihrem schweren Gerät und Bewaffnung zeigten jedoch deutlich, dass von Stabilität und Ruhe auch ein Jahr nach dem Ende der bewaffneten Auseinandersetzungen keine Rede sein konnte. Wir wurden gewarnt, serbisch auf der Straße zu sprechen, erst wenige Wochen zuvor waren zwei Bulgaren vom aufgebrachten Mob erschlagen worden, weil sie bulgarisch gesprochen hatten – damals zog alles, was nur entfernt slawisch klang, den tödlichen Hass der Albaner auf sich. Die wenigen tausend Serben, die sich in Priština aufgehalten hatten, waren vor Angst um ihr Leben geflüchtet, wie auch in vielen anderen Teilen des Kosovo. Was mich ebenfalls bedrückte, waren die Unzahl von Schildern von islamischen Hilfsorganisationen – das gleiche Phänomen wie in Bosnien-Herzegowina (s. unten). Die bislang laizistischen und pragmatischen kosovo-albanischen Moslems wurden im Gefolge der internationalen Besetzung des Kosovo von ihren militanten Brüdern aus Saudi-Arabien und Pakistan vereinnahmt. Man munkelte bereits über die bereits länger

Munkeln- to rumour
Man munkelt, dass ...
Es wird gemunkelt, dass ...

dauernde Anwesenheit von Vertretern des gewalttätigen Islamismus. Ich fragte mich, ob diese Form der Hilfe den Interessen der Kosovo-Albaner, aber auch der internationalen Gemeinschaft dienlich war.

Die Schäden, die der Bürgerkrieg und die NATO-Aktion verursacht hatten, waren allgegenwärtig, viele Häuser waren abgefackelt, Industrieanlagen bombardiert, allerorts Autowracks, zerstörte Felder. Das wirtschaftlich ohnehin rückständige Gebiet war noch weiter zurückgefallen, die europäische Perspektive noch weiter in die Ferne gerückt. Wesentlich mehr Kinder als vier Jahre zuvor waren als Straßenhändler unterwegs, die vor allem Zigaretten feilboten. Dem Preis nach zu schließen, handelte es sich dabei natürlich um Schmuggelware. Das einzige weitere Geschäft, das zu blühen schien, war Tankstellen. Buchstäblich alle fünf bis maximal zehn Kilometer fanden sich an allen Straßen der Provinz eine neuerrichtete Tankstelle bzw. es wurde gerade eine gebaut. Es wurde als offenes Geheimnis gehandelt, dass die ehemaligen Freiheitskämpfer in diesen lukrativen Markt eingestiegen waren.

Ansonsten waren unzählige KFOR-Soldaten allerorts anzutreffen, man hatte den Eindruck, dass sie vor allem hin- und herfuhren. An einigen Stellen waren Kontrollposten positioniert, aber es wurden nicht wirklich Kontrollen vorgenommen. Schmuggel jeglicher Art stellte sicherlich kein Problem dar. Nur diejenigen Soldaten, die vor Kulturgütern, sprich Einrichtungen der serbisch-orthodoxen Kirche Wache schoben, schienen eine konkrete und gleichzeitig notwendige Aufgabe wahrzunehmen.

allgegenwärtig - ubiquitous, omnipresent

Peć, Juni 2000

Ziemlich genau vier Jahre später fuhr ich wieder von Priština nach Peć. Die sanfte Ebene zwischen den beiden Orten und war in der Zwischenzeit Schauplatz heftiger gewalttätiger Auseinandersetzungen zwischen den Milošević-Sicherheitskräften und den Kosovo-Albanern, genauer der UCK (Kosovo-Befreiungsarmee) gewesen. Entlang der selben Straße, die 1996 durch friedliche Pferdefuhrwerke gekennzeichnet war, befanden sich die Hochburgen der UCK. Ein Gutteil der Häuser war abgebrannt, das Vieh verendet, die Felder unbestellt. Vielerorts befanden sich nunmehr Denkmäler mit Plastik-Blumenkränzen, Gräberfelder unregelmäßig über die Landschaft verteilt. Die Skanderbeg-Flagge, die albanische Nationalfahne, hing tausendfach von Häusern und Masten. Dies erinnerte mich an das Meer der kroatischen Flaggen in Zagreb 1991. Panzer und schwere Fahrzeuge der KFOR-Truppen machten einen geregelten Verkehr fast unmöglich. Von serbischer Polizei war weit und breit keine Spur, die Souveränität Belgrads nur mehr auf einem in New York geschriebenen Papier existent.

Wiederum wollte ich das Kloster in Peć besuchen. Etwa einhundert Meter vor dem Kloster befand sich nunmehr ein schwer bewaffneter Kontrollpunkt der italienischen KFOR-Truppen, die jedes Fahrzeug genau kontrollierten. Die Abfahrt zum Kloster war mit Stacheldraht gesperrt. Erst nach Vorzeigen der Papiere konnten wir diese Abfahrt passieren. Diesmal war es unmöglich, das Kloster zu übersehen und daran vorbeizufahren. Von kontemplativer Ruhe war keine Rede mehr, Spannung und Misstrauen lagen jetzt in der Luft. Direkt an die Außenmauern des Klosters gelehnt befand sich ein weiterer italienischer

Unterstand aus Sandsäcken und Blech. Erst nach einer weiteren Kontrolle wurde der Eintritt in das Kloster ermöglicht. Dieses Mal wurde keine Messe gelesen, einige Nonnen gingen auf und ab, ziellos, wie es schien. Eine Nonne erklärte unaufgefordert die Geschichte des Klosters. Sie brauchte offenbar jemanden, mit dem sie reden konnte. Kein Wort über die jüngsten Ereignisse. Kein Wort über die dramatische Lage der orthodoxen Insel im nunmehr gänzlich albanischen Meer. Ich erfuhr viel vom Mittelalter, Zukunft gab es keine. Bis auf wenige Reste hatten die Serben mittlerweile das Gebiet verlassen, ohne Schutz der Italiener wäre das Kloster nicht sicher. Generationenlang hatte eine muslimisch-albanische Familie den Schutz für das Gebäude übernommen, bis in die jüngste Zeit. Es schien, als müsste diese Tradition wieder belebt werden, aus Mangel an Serben, die diese Aufgabe übernehmen könnten. Würde Peć zu einem Beispiel für Toleranz werden? Ich hatte meine tiefen Zweifel.

Die gleiche Situation fand sich am selben Tag bei der Weiterreise zu den Klöstern Dečani und Gračanica. Die Klöster waren regelrecht von italienischen bzw. schwedischen Panzern umzingelt und mit Stacheldraht umgeben. Ich konnte mir kaum depressivere Orte vorstellen. In Gračanica traf ich, wie praktisch alle ausländischen Besucher, Bruder Sava, der an ein Zusammenleben zwischen Serben und Albanern glaubte. Seine Verbindung zur Außenwelt war sein Computer, er wurde auch der "Cyber-Monk" genannt. Er komme nicht aus dem Kosovo, das sei nicht seine engere Heimat. Dennoch wolle er hier bleiben, denn das sei sein Beruf, die Kirche habe ihn hierher geschickt. Ohne Geleitschutz der schwedischen Soldaten könne er nicht in Sicherheit nach Priština fahren. Er betrieb Seelsorge im wahrsten Sinne des Wortes für die

umzingeln - to surround

verbliebenen Serben. Er zeigte Verständnis für diejenigen, die abwanderten, diese hätten hier keine Zukunft. Er strahlte eine innere Ruhe aus, gleichzeitig nur in seinen Gedanken lebend und in intensivem Kontakt mit der Außenwelt stehend. Diese Außenwelt war aber nicht das umliegende albanische Gebiet, sondern Priština und Belgrad sowie das Internet. Es schien mir alles seltsam, aber Sava war keinerlei Vorwurf zu machen. Er musste sich, so wie alle andern, auf die neue Situation einstellen, die alles andere als hoffnungsvoll war. In Dečani traf ich einen anderen Bruder, der in einer ähnlichen Welt lebte. Er war zirka dreißig Jahre und bedauerte, dass es kaum noch Nachwuchs für das Kloster gebe. Dies liege einerseits am Säkularismus, andererseits an der unmöglichen Situation der serbischen Enklave. Messen und Gebete im Schutz italienischer Panzer. So also sah das Ergebnis der Politik Miloševic´ aus, der das Kosovo wieder "heimholen" wollte.

Kosovska Mitrovica, Juni 2000

Pflichtprogramm seit dem Krieg ist der Besuch einer der zwischen Serben und Kosovo-Albanern am meisten umstrittenen Städte, nämlich von Kosovska Mitrovica. Diese Stadt ist im nördlichen Teil des Kosovo gelegen und wird vom Fluss Ibar in einen nördlichen und südlichen Teil geteilt. Die Albaner wohnten eher im Süden, die Serben im Norden der Stadt. Nach den kriegerischen Auseinandersetzungen setzte ein mehr oder weniger freiwilliger Tausch von "fremder" Bevölkerung ein, wie so oft in den vergangenen zehn Jahren im Gebiet des ehemaligen Jugoslawien. Die einzige Brücke, die die beiden Stadtteile verband, wurde mittlerweile von französischen Fremdenlegionären bewacht. Von Süden kommend erhielten wir von diesen Soldaten die Erlaubnis, die Brücke zu überqueren, was aber nur zu Fuß möglich war. Am anderen Ende saßen unauffällig die sogenannten *Bridge Watchers,* eine Art serbische Schlägertruppe, die verhindern sollte, dass die beiden Volksgruppen auf die Idee kämen, zu fraternisieren. Offenbar sahen wir harmlos aus und sie ließen uns passieren, richtig wohl fühlten wir uns aber nicht. Wir wurden das Gefühl nicht los, dass uns jemand beobachtete. Eigentlich hatten wir nichts besonderes vor, wir wollten nur kurz hinübergehen. Um es unauffälliger zu machen, streiften wir ein wenig durch die Straßen. Was mir sogleich auffiel, waren die vielen Spanferkel, die draußen zubereitet wurden, naturgemäß etwas ganz und gar Unerhörtes im Südteil. Ich fragte mich, ob dies immer so gewesen war, oder ob damit nun ganz besonders die eigene Identität unterstrichen werden sollte; jedenfalls hatte ich in anderen serbischen Städten nie so viele Spanferkel sich am Spieß drehen sehen. Natürlich gab es in den Kiosken nur serbische Zeitungen, war alles in kyrillisch angeschrieben und weit und breit war kein albanisches Wort zu sehen oder zu hören, keine einzige weiße Wollmütze. Als Währung galt der jugoslawische Dinar, während im Südteil der Stadt alleinig die Deutsche Mark im Umlauf war. Es war unfassbar, dass der albanische Stadtteil keine hundert Meter entfernt war. Wiederum war ich auf eine schier unüberwindbare kulturelle und ethnische Grenze gestoßen.

Das gesamte Gebiet des Kosovo, das nördlich des Flusses Ibar liegt, ist praktisch ausschließlich von Serben bewohnt, diese Besiedlung geht ohne Übergang in das eigentliche Serbien über. Die wirtschaftlich bedeutenden Minen von Trepča liegen ebenfalls im rein serbisch besiedelten Gebiet. Schon Jahre zuvor wurde daher in Serbien darüber nachgedacht, den relativ reicheren Nordteil des Kosovo an Serbien anzuschließen und den südlichen Teil den Kosovaren zu überlassen. Auch die neue demokratische Führung in Belgrad hat diese Möglichkeit zumindest schon angedacht, wie aus Äußerungen des Sonderbeauftragten Čović zu schließen ist. Mir scheint dies eine verfolgbare Idee zu sein, da sie das meiste Potenzial hat, die Situation dauerhaft zu befrieden. Die Serben müssten jedenfalls die Garantie erhalten, ihre kulturellen Denkmäler, also die Klöster und Kirchen im südlichen Kosovo, kontrollieren zu können. Wie die Geschichte gezeigt hat, hatten die Kosovo-Albaner diese Denkmäler immer respektiert, die Zerstörungen nach dem Krieg 1999 sind einem kurzfristig zu befriedigendem Gefühl nach Rache zuzuschreiben. Serbien wäre auch nach einer Abtrennung des südlichen Kosovo überlebensfähig und würde nur einen vergleichsweise geringen Teil des Territoriums verlieren. Im Gegenzug würde Belgrad – und auch die internationale Gemeinschaft – einen Unruheherd der Selbstbestimmung überlassen. Ob sich dieser Teil des Kosovo mit Albanien vereinigen würde, ist eine eher zweitrangige Frage. Ein in seinen Aspirationen befriedigtes Albanertum hätte keinen Grund für weitere Expansionen. Problematischer wäre hingegen die Frage der albanischen Gebiete Mazedoniens; deren Abtrennung könnte sehr wohl den Kollaps des mazedonischen Staates zur Folge haben, mit allen erdenklichen Auswirkungen auf die Nachbarn. Eine Lösung der Albanerfrage scheint weiterhin fern. Die Serben in Kosovska Mitrovica schienen für ihren Teil alles andere als bereit, zu einer Lösung beizutragen.

Prizren, Juni 2000

Die südlichste Stadt des Kosovo ist Prizren und sie ist zugleich die schönste. Die Stadt schmiegt sich an den Berg und liegt in einer Art Kessel. Die Moscheen sind erhalten geblieben und die Stadt ist mit Sicherheit diejenige des Kosovo, die am stärksten ihren orientalischen Charakter behalten hat. Die Stadt war im frühen Mittelalter Hauptstadt des serbischen Reiches gewesen, was heute kaum noch vorstellbar ist. Neben der kosovo-albanischen Bevölkerung gibt es noch eine bedeutende türkische Minderheit in Prizren, Serben gibt es praktisch keine mehr.

Ein noch erhaltenes kleines serbisches Kloster und die Kirche waren mit Stacheldraht eingezäunt und von schwerbewaffneten deutschen Soldaten bewacht. Auch noch einige Monate nach dem Ende der kriegerischen Auseinandersetzungen mussten diese Städte bewacht werden, ansonsten wären sie Opfer von Racheakten geworden. Die größte Brücke über das Flüsschen Bistrica war von deutschen Soldaten mit Panzerwagen bewacht, die Gewehre schussbereit. Es war offenkundig, dass die lokale albanische Bevölkerung lieber der eigene Herr im Hause sein wollte. Wie üblich auf dem Balkan waren die Cafés und Gasthäuser voll belegt und die gesamte Jugend der Stadt schien unterwegs zu sein.

Von Prizren aus machten wir uns auf den Weg südwärts nach Dragaš, die Straße wand sich in die Berge auf den Ort zu. Die Landschaft war wunderschön, sie erinnerte an die Steiermark. Ackerbau wurde hier kaum betrieben, traditionell vor allem Viehzucht, aber nach dem Krieg war nicht viel von wirtschaftlicher Aktivität zu sehen. Dragaš liegt im äußersten südlichen Zipfel des Kosovo und wird im Westen von Albanien und im Osten von Mazedonien gleichsam eingekeilt. Die beiden Grenzen sind jeweils nur wenige Kilometer Luftlinie entfernt, direkte Straßenverbindungen in die beiden Länder gibt es dort keine. Nach unserer Ankunft wurden uns von einem Einheimischen sofort die Wege der Schmuggler gezeigt, und er erklärte uns, dass ständig Waffen von Albanien und dem Kosovo nach Mazedonien transportiert würden, in die von Albanern bewohnten Gebiete. Ein Schimmer dessen, was sich im kommenden Frühjahr in Mazedonien abspielen sollte, war zu erkennen. Von internationaler Polizei oder Militär, im Kosovo für die Sicherheit zuständig, war weit und breit keine Spur zu sehen. Das türkische Bataillon der KFOR konzentrierte sich auf ein requiriertes Gebäude im Ort. In Dragaš und den umliegenden Dörfern leben einige tausend Slawen, die während der osmanischen Zeit den moslemischen Glauben angenommen hatten. Sie heißen wenig schmeichelnd Gorani, also in etwa *Bergler*. Weder von den christlichen Slawen, noch von den Albanern besonders geschätzt, haben sie sich in diesem unzugänglichen Gebirge ihre kulturelle Eigenständigkeit bewahrt, wenn auch diese verstärkt in Gefahr ist. Wie an so vielen Stellen im ehemaligen Jugoslawien gibt es also auch im Kosovo kein durchgehend von einer einzigen Nation besiedeltes Gebiet, was für einfache politische Lösungen von Konflikten immer wieder Komplikationen mit sich bringt. Als wir im Ort ankamen, war es wie ausgestorben, und schon befürchteten wir das Schlimmste, als wir ein Café entdeckten, in der die gesamte männliche Bevölkerung ein Fußballspiel im Fernsehen verfolgte. Wir Fremdlinge wurden misstrauisch beäugt und hielten uns nur kurz auf. Als ich einige auf der Straße spielende Kinder fotografieren wollte, schrie mich einer der Erwachsenen an, ich solle dies unterlassen. Ich konnte nur das Wort *Muslim* verstehen – einem Kosovo-Albaner wäre es nie eingefallen, ein Foto zu verbieten.

Nicht weit vom Ort entfernt lag eine überdimensionierte, nicht mehr in Betrieb stehende Fabrikhalle. In der ländlichen Umgebung, sozusagen am Ende der Welt, wo es nur eine asphaltierte Straße gab, wirkte dieses Monstrum völlig fehl am Platz. Und das war sie auch. Im fehlgeleiteten Programm der Industrialisierung, war vorgesehen gewesen, an diesem Platz eine Textilfabrik mit 600 Arbeitsplätzen zu errichten. Dies war zwar einerseits eine sympathische Note des staatlichen Dirigismus, da kein Privater in dieser Gegend investiert und Arbeitsplätze geschaffen hätte. Doch andererseits konnte sich so ein Projekt schwerlich auf Dauer halten, der Transport der Rohstoffe und der fertiggestellten Waren war einfach zu teuer.

Für mich war Dragaš einer der schönsten und zugleich abgelegensten Winkel in den von mir bereisten Gebieten des ehemaligen Jugoslawien.

abgelegen – isolated, remote, secluded

MONTENEGRO

Podgorica, Oktober 2000

Nach dem Sturz des Milošević-Regimes in Belgrad reisten wir als Vertreter des OSZE-Vorsitzes nach Montenegro, um die Ansichten der dortigen politischen Führung über die Zukunft der Bundesrepublik Jugoslawien in Erfahrung zu bringen. Der Präsident der Teilrepublik Montenegro, der junge Milo Đukanović, hatte die Teilnahme an den von Milošević organisierten Parlamentswahlen vom September 2000 verweigert, da er seit längerer Zeit dessen Regime als verfassungswidrig ansah. Montenegro hatte schon seit einigen Jahren nahezu sämtliche Verbindungen zum Gesamtstaat abgebrochen, in interessanter Parallele zu den Kosovo-Albanern. Đukanović war jedoch in der unvergleichlich besseren Position, der legitime Präsident einer der konstituierenden Elemente des Staates zu sein und musste daher nicht in der Illegalität operieren. Dennoch verfügte Milošević auch über Gefolgsleute in Montenegro und die Bevölkerung war in zwei etwa gleich große Teile gespalten, was die Frage der Unabhängigkeit Montenegros betraf. Um die weiteren Entscheidungen im Rahmen der OSZE vorbereiten zu können, mussten wir also wissen, wie die Stimmung im Lande tatsächlich war.

Wir trafen mit dem Flugzeug von Wien über Frankfurt in Podgorica ein. Der Umweg über Frankfurt war länger als die Distanz zwischen Wien und Podgorica, aber es gab zu dieser Zeit noch keine Direktflüge. Der Grund war die Weigerung der föderalen Luftfahrtbehörde in Belgrad, der montenegrinischen Luftlinie mehr Lizenzen zu gewähren. Der Gesamtstaat funktionierte tatsächlich kaum noch. Die

111

uns empfangende offizielle Wagenkolonne raste vom
Flughafen mit atemberaubender Geschwindigkeit in die
Stadt. Diese hieß noch zehn Jahre zuvor Titograd und so
sah sie auch aus: da die Stadt erst nach dem Zweiten Weltkrieg zu wirklicher Bedeutung gelangte, gab es nur Beton-
plattenbauten im sozialistischen Einheitsstil, ein altes Zentrum hatte es nie gegeben, da Cetinje viele Jahrhunderte die
Hauptstadt Montenegros gewesen war. Die Regierungsgebäude im selben Stil befanden sich alle an der Hauptstraße
und so konnte das offizielle Besuchsprogramm rasch
absolviert werden, da es zu Fuß erledigt werden konnte.
Đukanović ließ uns über Gebühr warten, vielleicht, um
seine eigene Bedeutung hervorzuheben. Er hatte wenige
Tage zuvor einen schweren Autounfall erlitten und musste
daher eine Halskrause tragen, welche ihn noch unnahbarer
erscheinen ließ. Wie alle Montenegriner war er hochge-
wachsen und schlank und seine stechenden Augen fixier-
ten den Gesprächspartner. War Tuđman arrogant und ver-
bissen gewesen, so erschien der Präsident Montenegros
nur arrogant. Auffallend war seine leise Stimme, was aber
vielleicht auch eine Folge des Unfalls war. Aufgrund des
Boykotts durch Đukanović war nach den September-Wah-
len alleinig die montenegrinische Opposition im Belgrader
Bundesparlament vertreten, was eine merkwürdige Kon-
stellation schuf: Der Gesamtstaat wurde mithilfe einer Partei regiert, die in einer der beiden konstituierenden Republiken in der Opposition war. Đukanović verneinte zwar
verbal weiterhin die Legitimität der Bundesrepublik, es war
ihm dennoch anzumerken, dass er über die Entwicklung
verärgert war. Er hatte fest mit dem Sieg Milošević'
gerechnet und sah nun plötzlich seine Rolle als Liebling
des Westens, der Belgrad die Stirn bot, in Frage gestellt. Er
sprach unablässig von der Unabhängigkeit Montenegros

und unwillkürlich fragte ich mich, wie oft ich dieses Wort in den vergangenen zehn Jahren gehört hatte: Slowenen, Kroatien, Krajina-Serben, Kosovo-Albaner, Bosniaken, Montenegriner hatten nur ein Ziel. Gleichzeitig betonten sie alle, dass ihre Zukunft in den europäischen Strukturen liege. Sie verkannten dabei zumeist, dass die Zugehörigkeit zur Europäischen Union auch den Verzicht auf einen Gutteil der staatlichen Souveränität nach sich zieht. All die Begriffe wie Unabhängigkeit, Europa, Minderheiten, Nation haben offenbar nicht überall dieselbe Bedeutung.

Budva, Lovćen, April 2001

Ende April 2001 fanden in Montenegro Wahlen statt, und obgleich es eigentlich nur um die Zusammensetzung des Parlamentes ging, wurde in der Wahl ein Test für die Frage der Unabhängigkeit des Landes gesehen. Der Präsident Montenegros, Milo Đukanović, hatte die Unabhängigkeit des Landes zum Thema des Wahlkampfes gemacht. Ich sollte im Rahmen der OSZE als Wahlbeobachter tätig sein und fuhr nach Montenegro. Auf der Fahrt durch Montenegro kamen mir immer wieder Autos entgegen, aus deren Fenster zumeist Jugendliche hingen, die wild entweder mit der montenegrinischen oder der jugoslawischen, aber auch serbischen Fahne schwenkten. Ich wurde jeweils begeistert begrüßt, da die mir Entgegenkommenden aufgrund des österreichischen Kennzeichens offenbar der Ansicht waren, ich sei ein Diaspora-Montenegriner, der anlässlich der Wahl in sein Heimatland zurückgekehrt ist und für die richtige Sache stimmen würde. Amüsiert winkte ich allen zurück.

Alle internationalen Beobachter trafen sich zunächst in Budva, an der Küste. Budva ist ein typisches dalmatinisches Städtchen, das irgendwo zwischen Koper in Slowenien und Ulcinj an der albanischen Grenze liegen könnte. Auf einer Landzunge kauert sich die von einer ansehnlichen Mauer umgebene Altstadt, die von der Kirche dominiert wird. Alle Gebäude sind aus Kalkstein und haben rote Dächer, ein Miniatur-Dubrovnik. Palmen sorgen für ein mediterranes, südliches Flair, man ist weit weg vom karstigen Hinterland, den vielzitierten Schluchten des Balkan. Hier herrschte Venedig, dann Österreich, erst spät kam der Küstenstreifen zu Montenegro und damit zum eigentlichen Balkan. Beängstigend türmt sich das Hinterland unmittelbar hinter der Küste auf, in nur drei Kilometern Luftlinie steigt das Plateau auf über 700 Meter Seehöhe. In unendlichen Serpentinen wand sich die Straße hinauf, man hatte das Gefühl, nicht vom Fleck zu kommen. Oben auf dem Plateau wehte ein kalter Wind, und von mediterraner Vegetation konnte keine Rede mehr sein, dennoch waren auch mit freiem Auge die Palmen unten am Meer zu erkennen. Die Berge waren zwar nicht völlig verkarstet, das spärliche Grün ließ aber keine Haltung von größerem Vieh zu, Ackerbau war unmöglich. Ab und zu ein kleines Gehöft oder ein Unterstand für Hirten und Vieh, aber weit und breit war niemand zu sehen.

Bald tauchte der Lovćen auf, der höchste Berg Montenegros. Die Straße auf den Berg war von österreichischen Ingenieuren gebaut worden, die Grenze war ja auch nicht zu weit entfernt gewesen. Oben liegt einsam und dem Wind ausgesetzt das Mausoleum von Fürst Njegoš Petar II, dem größten Dichter Montenegros. Der bekannte Bildhauer Meštrović errichtete in den 70er Jahren des 20. Jahrhunderts dieses vergleichsweise monströse Bauwerk, ein

Denkmal für die Abgeschiedenheit und Härte des Landes. Es ist bemerkenswert, dass die damalige kommunistische Regierung diesem Fürsten ein so großes Denkmal errichtete. Eine riesige Treppe, die teilweise durch einen Tunnel nach oben führt, geleitet zum eigentlichen Mausoleum, das über einen schmalen Grat zu erreichen ist. Schwer, gedrungen, schwarz. Ende April liegt hier noch meterhoch der Schnee. In der Ferne war wieder das Meer zu erkennen, die Bucht von Kotor. Der Dichterfürst selbst hätte sich keinen besseren Platz für seine letzte Ruhestätte aussuchen können: auf dem höchsten Berg in diesem Land der Berge, abgehoben von den Niederungen des alltäglichen Lebens, in Sichtweite des adriatischen Meeres, zum Greifen nahe, aber doch nahezu unerreichbar. Er selbst hatte sich wiederholt mit einem Adler verglichen.

Das Denkmal erinnerte mich auch an sein größtes Werk, den *Bergkranz*. Dies ist eine epische Dichtung, die ein dunkles Kapitel der montenegrinischen Geschichte verherrlicht: 1702 verwüsteten die Osmanen das Kloster von Cetinje und misshandelten Bischof Danilo. Als Rache überfielen die orthodoxen Montenegriner in Virpazar moslemische Montenegriner und stellten sie vor die Wahl Taufe oder Tod. Die meisten verweigerten die Taufe, und ein Massaker war die Folge. Für die Nationswerdung war dies ein wichtiges Ereignis, da Montenegriner fortan nur mehr Christen waren. Ein schön gestaltetes Buch des *Bergkranzes* im Original und englischer Übersetzung wird in einem Geschäft beim Mausoleum verkauft und behält die Erinnerung an dieses wichtige Ereignis der Nationswerdung wach.

Weitere Gedanken zur Geschichte Montenegros drängten sich an diesem Ort auf. Dieses Land war bis 1918 sehr andere Wege als Serbien und Kroatien gegangen. Obgleich die Montenegriner als ethnische Serben angesehen werden können, führte die abgeschiedene und gebirgige Lage Montenegros zu einer historisch völlig unterschiedlich gearteten Entwicklung. Im Mittelalter war Montenegro unter dem Namen Zeta Teil des serbischen Nemanja-Reiches gewesen. Nachdem Serbien wie bereits geschildert zunächst 1389 und dann endgültig 1459 den Kampf gegen die Osmanen verlor, wurde Zeta unabhängig, und das Gebiet des späteren Montenegro konnte sich immerhin bis 1496 gegen die anrückende Macht verteidigen. Aufgrund der dünnen Besiedlung und der geringen wirtschaftlichen Leistung des zumeist gebirgigen Landes genoss Montenegro von Beginn an eine Sonderstellung im osmanischen Reich und war de facto autonom. Für die Osmanen war eine vollständige Kontrolle dieses Landstrichs zu teuer und strategisch nicht notwendig. Bereits 1688 verschrieben sich die Stämme Montenegros dem Kampf für die Unabhängigkeit, wobei die Kirche die Vorreiterrolle übernahm. Danilo Petrović vom Stamm der Njegoši, Bischof von Cetinje, etablierte ein kurioses Herrschaftssystem: Der *Vladika*, das religiöse Oberhaupt Montenegros, etablierte auch die weltliche Macht über Montenegro, Titel und Macht gingen nunmehr innerhalb der Familie Petrović–Njegoš von Onkel auf Neffen über. In der orthodoxen Kirche können gewöhnliche Priester eine Ehe schließen, wer die Karriere eines Bischofs einschlagen will, muss hingegen ledig bleiben. Fürst Njegoš Petar II war eine so bedeutende historische und kulturelle Figur, dass der montenegrinische Kommunist Milovan Đilas, einst enger Weggefährte, dann Kritiker Titos, diesem eine bedeutende Monographie widmete. Der Montenegriner, der zu großem Einfluss im neuen kommunistischen Jugoslawien gelangte, setzte dem klerikalen Autokraten durch dieses Buch ein Denkmal. Đilas schrieb es während seiner Haft in Sremska Mitrovica, als er schon mit Tito gebrochen hatte.

In meinen Augen ist dies ein weiterer Beleg für die Mächtigkeit historischer Traditionen auf dem Balkan: Selbst Kommunisten kommen an einem kirchlichen Fürsten nicht vorbei.

Bis 1918 blieb dieses System der Vererbung der Macht aufrecht, im Jahr 1851 trennte Danilo Petrović jedoch die weltliche und geistige Macht. Sein Sohn Nikola regierte Montenegro von 1860 bis 1918, im Jahr 1910 erlangte er unter Billigung der Großmächte den Titel König. 1878 erhielt Montenegro, wie auch Serbien, die formelle Unabhängigkeit vom osmanischen Reich, welche aber im Gegensatz zu Serbien kaum etwas an der Realität änderte.

Aufgrund der jahrhundertelangen de facto-Unabhängigkeit Montenegros und der hoch entwickelten Bereitschaft zum Kampf und Expansion der montenegrinischen Stämme sah sich Nikola während seiner langen Regierungszeit als Vorreiter der serbischen Sache. Montenegro war zwar winzig und hatte nur geringe personelle und finanzielle Ressourcen, dies tat seinem Willen zur Wiederbelebung des serbischen Reiches jedoch keinen Abbruch. Nikola sah die Petrović-Dynastie als die künftigen Könige Serbiens. Im Zuge des ersten Balkankrieges 1912 konnte Montenegro einen Großteil des Sandžak Novi Pazar und des Kosovo vom osmanischen Reich erobern und träumte bereits davon, auch Prizren im Kosovo einzunehmen und sich in dieser alten Haupt- und Krönungsstadt des serbischen Reiches zum König der Serben zu krönen zu lassen. Der bis dahin dem osmanischen Reich zugehörige (und zeitweilig von Österreich-Ungarn militärisch besetzte Sandžak von Novi Pazar) wurde von Serbien und Monte-

Im Zuge +G: in the course of

117

negro erobert und zwischen den beiden aufgeteilt. Dadurch erhielten die beiden Länder erstmals eine gemeinsame Grenze, wodurch die Frage der Vereinigung dieser beiden serbischen Länder virulent wurde.

Bei Ausbruch des Ersten Weltkrieges stellte sich Montenegro naturgemäß auf die Seite Serbiens, war zunächst relativ erfolgreich, 1916 musste Nikola jedoch gegenüber den Truppen Österreich-Ungarns kapitulieren. Nikola musste das Land verlassen, ließ sich bei Paris im Exil nieder und verlor die Kontrolle über Montenegro. Mit der Rückeroberung der verlorenen Gebiete durch Entente und serbische Armee wurden Fakten geschaffen, die schließlich Ende November 1918 zur Vereinigung Serbiens und Montenegros führten, jedoch nicht unter der Dynastie der Petrović, sondern der Karađorđević. Montenegro war in der Frage der Vereinigung gespalten. Die städtische Bevölkerung, die Intellektuellen und die Jugend befürwortete die Vereinigung mit Serbien, die ländliche Bevölkerung war dagegen. Unter dem Druck Belgrads wurde in einer Volksversammlung November 1918 König Nikola für abgesetzt erklärt und die bedingungslose Vereinigung mit Serbien beschlossen. Des weiteren wurde beschlossen, dass das damit geschaffene neue Königreich Serbien in den SHS-Staat eintritt. Die in der Versammlung Unterlegenen betrachteten dies jedoch als illegitime Annexion Montenegros, und im Januar 1919 brach ein Aufstand aus, der von den neuen Machthabern in Belgrad jedoch blutig unterdrückt wurde.

Weder im ersten, 1918 gegründeten, noch im zweiten von Tito geschaffenen Jugoslawien konnten sich die verschiedenen Völker politisch frei artikulieren, und die Frage der Unabhängigkeit Montenegros verschwand von der politischen Bühne. Im Tito-Jugoslawien wurde Montenegro zwar eine konstitutive Teilrepublik der SFRJ, die strikte Kontrolle durch das Zentrum Belgrad machte dies aber wieder bedeutungslos. Erst durch die Verfassung von 1974 wurde Jugoslawien wie beschrieben eine echte Föderation, deren Teile aber ausnahmslos von Kommunisten regiert wurden.

Nach dem Tode Titos 1980 begann die nationale Frage (die schon in den 60er Jahren teilweise eruptierte, von Tito aber unterdrückt werden konnte) mehr und mehr den politischen Diskurs in Jugoslawien zu beherrschen. Als Ende der 1980er Jahre Slobodan Milošević Verbündete innerhalb der jugoslawischen Föderation suchte, um wiederum ein von Serbien kontrolliertes Jugoslawien zu schaffen, konnte er auf das kleine Montenegro zählen, nachdem er dessen Führung mit eigenen Gefolgsleuten besetzt hatte. Nach dem Zerfall der Sozialistischen Föderativen Republik Jugoslawien durch die Unabhängigkeits-Erklärungen Sloweniens und Kroatiens fand im März 1992 in Montenegro ein Referendum über den Beitritt zu einer Bundesrepublik Jugoslawien statt, die letztlich nach dem Ausscheren der Teilrepubliken Bosnien-Herzegowina und Mazedonien nur aus Serbien und Montenegro gebildet wurde. Diese Abstimmung wurde von Milošević-Gefolgsleuten organisiert und verlief daher keineswegs frei. Auch dieses Mal konnte nicht davon gesprochen werden, dass der Verzicht Montenegros auf die Unabhängigkeit ohne Druck zustande gekommen wäre.

Montenegro gehörte also nie zu den Anhängern der südslawischen Idee, sondern erlebte durch Jahrhunderte eine von den anderen Südslawen verschiedene Geschichte. Erst zu Ende des 19. Jahrhunderts verfolgte Montenegro unter Nikola eine Art groß-serbischer Politik, die aber nicht dahingehend verstanden wurde, dass Montenegro sich Serbien anschließen sollte. Nikola wollte vielmehr die Führung der Serben übernehmen. Dass diese Idee praktisch keine Aussichten auf Erfolg hatte (obgleich sich Nikola anlässlich diverser Thronwirren keineswegs ungeschickt um die serbische Krone bewarb), tut dem Bestreben nach Selbstbestimmung der Montenegriner keinen Abbruch.

Aus dieser historischen Perspektive ist es verständlich, dass sich ein Teil der Elite und des Volkes Montenegros seit einiger Zeit vehement für die Unabhängigkeit ausspricht. Faktum bleibt aber weiterhin, dass das Land wie seit Jahrzehnten in zwei mehr oder weniger gleich starke Lager geteilt ist. Neu ist allerdings der Umstand, dass nach der demokratischen Wende in Serbien vom Herbst 2000 Belgrad den Ausgang eines demokratisch legitimierten Votums für die Unabhängigkeit Montenegros zu akzeptieren bereit ist. Belgrad räumte durch das im Frühjahr 2002 getroffene Abkommen zwischen der Föderation, Serbien und Montenegro ein, dass die südslawische Idee am Ende wäre, was als epochal zu bewerten ist. Eine für fast zwei Jahrhunderte verfolgte Politik wurde damit von Belgrad aufgegeben.

Für die internationale Staatengemeinschaft ist die Frage vorrangig, ob die Schaffung eines weiteren Staates in Südosteuropa eine Gefährdung der Stabilität der Region darstellen könnte. Es wird die Wiederholung des Szenarios der frühen neunziger Jahre des vorigen Jahrhunderts befürchtet. Die Europäische Union spricht sich daher für ein "demokratisches Montenegro in einem demokratischen Jugoslawien" aus. Am 15. Januar 1992 wurden die Unabhängigkeits-Referenda von Slowenien und Kroatien und in der Folge auch von Bosnien-Herzegowina durch die damalige EG anerkannt. Es wird daher schwer zu argumentieren sein, ein demokratisches Referendum in Montenegro, das drei Jahre nach dem Abschluss des Abkommens abzuhalten ist, nicht anzuerkennen. Da Belgrad in dieser Frage unter keinen Umständen bereit ist, Gewalt oder Druck anzuwenden, existiert die Gefahr einer militärischen Auseinandersetzung zwischen Belgrad und Podgorica nicht. Die albanische Minderheit in Montenegro ist mit ihrem verfassungsrechtlichen und ökonomischen Status (noch) zufrieden und würde sich jedenfalls in einem unabhängigen Montenegro besser fühlen als in einem Staat, dessen Hauptstadt Belgrad heißt.

Für die Stabilität in Montenegro (und damit in der Region) wird es vielmehr entscheidend sein, dass die Befürworter und Gegner der Unabhängigkeit im Land selbst sich rasch auf eine gegenseitig akzeptable Vorgangsweise für die Durchführung des Referendums einigen (vor allem was die Frage einer gewichteten Mehrheit des Volksentscheides und der Annahme desselben durch das Parlament betrifft). Gelingt dies nicht, und wird die Unabhängigkeit von einer zahlenmäßigen Minderheit der Bevölkerung Montenegros entschieden, so sind destabilisierende Konsequenzen tatsächlich nicht auszuschließen. Innerhalb eines Jahrhunderts sollte es nicht zum dritten Mal passieren, dass das montenegrinische Volk in der essenziellen Frage seiner Unabhängigkeit gespalten wird. Das Bemühen der internationalen Gemeinschaft sollte vor allem darin liegen, diese innenpolitische Entscheidungsfindung positiv zu beeinflussen.

Cetinje, Juni 2001

Schroffe Berge umgeben die kleine Ebene, in die sich das Städtchen Cetinje schmiegt. Der Ort liegt auf über sieben-

121

hundert Meter Seehöhe, nur wenige Kilometer von der Adria entfernt. Nichts jedoch erinnert hier an die mediterrane Kultur, an die schönen Küsten und Buchten, an die Palmen und Sandstrände. Die Montenegriner behaupten, dass nach der Schöpfung noch einige Steine übrig geblieben waren. Da Gott nicht wusste, was er damit tun solle, warf er sie gerade dorthin, wo jetzt Montenegro ist. An der Geschichte scheint etwas Wahres zu sein.

Die alte Hauptstadt des Landes ist stolz auf ihre Vergangenheit. Auf einem Gebäude findet sich ein großflächiger Plan der Stadt, in dem alle Sehenswürdigkeiten der Stadt abgebildet sind: neben dem Palast des Königs die Gesandtschaften Österreich-Ungarns, Russlands, Frankreichs, Großbritanniens, Italiens. Protzige Villen in einem Bergdorf mit ein paar Tausend Einwohnern, jede in ihrem Landesstil gehalten. Die Größe Montenegros hätte diese diplomatische Konzentration nicht gerechtfertigt, aber mit dem Absterben des osmanischen Reiches wurde dieses kleine seit 1878 unabhängige Land in das Spiel der Großmächte hineingezogen. Jede wollte an den zu erwartenden Gebietsverlusten des Sultan teilhaben und daher durch Agenten möglichst nahe am Ort des Geschehens vertreten sein. Darüber hinaus zeigte Fürst - später König - Nikola höchstes Interesse an der Übernahme der serbischen Krone. Er hätte also zu einem ungeahnten Machtfaktor heranwachsen können.

Ich suchte das Gebäude der österreichisch-ungarischen Gesandtschaft, welches ein wenig abseits der anderen Gesandtschaften liegt. Bereits von weitem war sie eindeutig zu erkennen: In das profane Gebäude ist auch eine Kapelle integriert, die eine Hälfte der Fassade einnimmt. Die apostolische Majestät benötigte auch im fernen Cetinje eine Kapelle, die Montenegriner waren ja orthodox. Das

Gebäude wird nun als Kulturzentrum genützt. Nach längerem Klopfen an der Tür erschien eine Angestellte des Kulturzentrums, der ich den Zweck meines Besuches erklärte, nämlich einen Blick in das Innere werfen zu wollen. Misstrauisch ließ sie mich ein und schickte mich zum Direktor. Auch dieser war zunächst sehr misstrauisch dem unangemeldeten Besuch gegenüber. Erst als ich ihm erklärte, dass ich ein österreichischer Diplomat auf Spurensuche früherer Kollegen sei, erwärmte er sich und führte mich durch die Räume. Unspektakulär und provinziell sah die Gesandtschaft aus, sicher kein Posten für einen sehr hochrangigen Beamten des alten k.u.k.-Ministerium des Äußeren. Ich allerdings wäre sofort auf diesen Posten gegangen, inmitten der schwarzen Berge, so nah an Wien und doch so weit entfernt.

Eine weitere Attraktion in Cetinje ist der Palast des Königs, auch Biljarda genannt. Das eher bescheidene Gebäude erhielt seinen Namen wegen eines Billiard-Tisches, der für Nikola herangeschafft wurde. Man denke sich nur, wie dieser schwere Tisch von Kotor an der Küste über die endlosen Serpentinen auf Schotterwegen im Jahre 1830 in die Berge geschafft wurde. Er löste solche eine Sensation aus, dass der Palast so benannt wurde, und der Name ist bis heute geblieben. Den Tisch gibt es leider nicht mehr, vielleicht wurde er irgendwann in einem kalten Winter verheizt.

Boka Kotorska, April 2001

Vom Lovćen ging es wieder hinab, Richtung Boka Kotorska, der Bucht von Kotor. Ich passierte den Ort Njegoši, wo die Dynastie herkommt. Man kann sich kaum einen verlasseneren Ort vorstellen. Die Berge verstellten den Blick auf das nur wenige Kilometer entfernte Meer. Auch in dieser Gegend waren kaum Menschen zu sehen, keinerlei wirtschaftliche Aktivität. Nicht einmal Durchzugsverkehr. Und wieder führt eine kurvenreiche Straße in unzähligen Kehren hinunter zum Meer. Die seltsam geformte Bucht ist von nahezu zweitausend Meter hohen Bergen umgeben. Wie ein norwegischer Fjord schlängelt sich die Küstenlinie des Meeres mehrfach gekrümmt an den Bergen entlang und formt insgesamt vier Buchten. Kroatien ist in Sichtweite. Es gibt kaum einen größeren Kontrast zwischen diesem äußersten Zipfel Kroatiens und dem anderen Ende des Landes in Ost-Slawonien. Beides scheint nicht wirklich zum selben Land zu gehören.

Die gesamte Bucht abzufahren nimmt mindestens drei Stunden in Anspruch, voller Abwechslung zwischen Bergen, vermeintlichem Gebirgssee und mediterraner Vegetation und Kultur. Der Unterschied in Mentalität und Architektur innerhalb nur weniger Fahrminuten vom Gebirge hinunter zur Küste ist atemberaubend. Dies erklärt sich daraus, dass das Hinterland und der Küstenstreifen für Jahrhunderte geschichtlich getrennte Wege gingen. Bis hinunter nach Bar gehörte die Küste entweder zu Dubrovnik, Venedig oder Österreich. Lediglich Dubrovnik und Kotor bildeten Korridore zwischen der westlich-katholischen Welt und dem osmanischen Hinterland, ansonsten blieben diese beiden Welten getrennt. Ein Mosaikstein mehr in der verwirrenden Kulturgeschichte des ehemaligen Jugoslawien.

SANDŽAK

Bijelo Polje, Mojkovac, April 2001

Ein Sandžak, wörtlich Fahne, war die kleinste territoriale Einheit im osmanischen Reich. Von diesen gab es unzählige, aber nur für Novi Pazar hat dieser Name überlebt. Der Grund dürfte sein, dass nach der Okkupation Bosnien-Herzegowinas durch Österreich Ungarn dieser Landstrich eine Art Insel im osmanischen Territorium bildete und die slawischen Nachbarn die türkische Bezeichnung beibehielten. Auf dem Berliner Kongress 1878 wurde unter anderem auch beschlossen, dass Österreich-Ungarn als Unterstützung für die Okkupationsarmee in Bosnien-Herzegowina Garnisonen im Sandžak Novi Pazar unterhalten konnte. Als Teil der Kompensationen für die Annexion Bosnien-Herzegowinas 1908 zog Österreich-Ungarn seine Truppen aus dem Sandžak ab. Im ersten Balkankrieg 1912 eroberte Montenegro den südlichen, Serbien den nördlichen Teil des Sandžak Novi Pazar sowie das Kosovo, womit das osmanische Reich endgültig die Herrschaft über die Südslawen (und auch die Albaner) verlor. Die Orientierung dieser beiden Länder auf den Sandžak und das Kosovo erfolgte vor allem auch durch die Annexion Bosnien-Herzegowinas: Bis dahin waren die Energien der beiden Länder auf die Erlangung bosnischen Territoriums gerichtet, wo serbische Brüder lebten. Die großen Probleme aller drei jugoslawischen Staaten waren zu einem guten Teil auch durch die Eroberung der Kosovo-Albaner verursacht. Durch die Besetzung des Kosovo – so verständlich er aus serbischer historischer Perspektive ist –

125

wurde die Schaffung eines albanischen Staates verhindert, in dem alle albanischen Siedlungsgebiete einbezogen hätten werden können.

Milovan Ðilas widmet der Eingliederung des südlichen Teils des Sandžak eine eindrückliche Beschreibung in seinem autobiographischen Buch *Land ohne Gerechtigkeit*. Die mehrheitlich türkische Bevölkerung wurde nach den Balkankriegen vertrieben und das Land an montenegrinische Siedler verteilt. Die slawischen Muslime verblieben und bilden heute eine substanzielle Minderheit. Der muslimische Charakter dieses Landstreiches kontrastiert mit der Küste, aber auch dem Rest des Landes. Jede der ehemaligen jugoslawischen Republiken ist ein Jugoslawien im Kleinen, mit einer Vielzahl von Minderheiten und großen geographischen Unterschieden. Im Regelfall sind die einzelnen Gebiete innerhalb dieser Länder voneinander mehr oder weniger abgeschnitten und wurden erst in der jüngeren Vergangenheit zu einer politischen Einheit. Dementsprechend fragil sind diese Einheiten. Angesichts der Möglichkeit der Unabhängigkeit Montenegros haben die Muslime des Sandžak Bedenken geäußert, dadurch von ihren Brüdern im benachbarten Serbien durch eine internationale Grenze getrennt zu werden. Konfliktpotenzial ist damit bereits vorprogrammiert, wenn den legitimen Interessen der Bevölkerung beider Teile des Sandžak nicht Rechnung getragen wird.

Bijelo Polje ist eine eher deprimierende Provinzstadt, die größte der Region nach Novi Pazar, das im serbischen Teil des Sandžak liegt. Einfallslose sozialistische Betonbauten dominieren das Stadtbild, sowie einige einsame Moscheen. Im April 2001 verbrachte ich hier einige Tage anlässlich der Parlamentswahlen. Es regnete oder schneite, von

die Eingliederung – integration, incorporation

·126

einfallslos– uninspired, unimaginative

Frühling konnte selbst Ende April noch keine Rede sein. Die mir zur Beobachtung zugewiesenen Wahllokale lagen in den Bergen um das Städtchen Mojkovac, wo übrigens während des Ersten Weltkrieges eine der größten Schlachten der österreichisch-ungarischen Armee gegen Montenegro stattfand. Keine Gedenktafel oder irgendein Monument erinnert an diese Schlacht, bei der viele Tausende den Tod fanden. Auch dieses Ereignis hat Đilas in einem Buch verewigt. Es will mir nicht aus dem Sinn, dass der Kommunist Đilas der nationalen Geschichte seines Herkunftslandes einen so großen Teil seines literarischen Schaffens widmet. Auch der kroatische Präsident Tuđman war zunächst Offizier der Partisanen gewesen, bevor er Professor für Geschichte wurde und dann in das nationalistische Lager abdriftete. Der Kommunismus war offenbar für alle Beteiligten nur eine sehr dünne ideologische Patina.

Die Fahrt in die Berge wurde immer abenteuerlicher, da es immer stärker schneite und die Straßen wesentlicher steiler als in den österreichischen Bergen waren. Am Ende eines Tales stieß ich wieder auf ein Kloster, dieses Mal ein Nonnenkloster. Es war winzig, Platz höchstens für fünf bis sechs Nonnen, und es war von den Behörden mangels anderer Gebäude in der Gegend als Wahllokal requiriert worden. Die Nonnen ließen jeden spüren, wie wenig willkommen alle Eindringlinge waren. Aber sie heizten wenigstens den Ofen, ohne den es nicht auszuhalten gewesen wäre. Im Sandžak stimmte die Bevölkerung bei den Wahlen mehrheitlich für die Opposition, das heißt die Gegner der Unabhängigkeit. Nach der Verkündung des Wahlergebnisses in der Nacht gingen in Bijelo Polje Tausende Menschen auf die Straßen, schossen in die Luft und skandierten unaufhörlich "Jugoslavia! Jugoslavia!", um ihren Unmut über den knappen Sieg der Befürworter der

den Tod finden
verewigt- eternalized, decreated
winzig- tiny, teeny, wee

Unabhängigkeit kundzutun. Das Schießen und Skandieren ging durch Mark und Bein, ein leiser Vorgeschmack darauf, was bei einem schlecht vorbereiteten Vollzug der Unabhängigkeit passieren könnte.

Novi Pazar, April 2001

Der serbische Teil des Sandžak unterscheidet sich nicht wesentlich vom montenegrinischen. Auch hier dominieren die Berge und Almen, Moscheen und islamische Friedhöfe beweisen klar den ethnischen Charakter des Gebietes. Die Gehöfte erinnern an die orientalische Bauweise, haben aber wegen des Schnees ein Giebeldach und sehen daher für unsere Augen eigenartig aus. Novi Pazar war eine Zeitlang Hauptstadt des serbischen Reiches gewesen und ist seit dem Mittelalter ein Handelsplatz, was sich auch unter dem osmanischen Reich nicht änderte. Die älteste serbische Kirche befindet sich in Novi Pazar, die Kirche des heiligen Peter aus dem 10. Jahrhundert, in welcher Stefan Nemanja zum Christentum bekehrt wurde. Noch früher, im 9. Jahrhundert, war der Ort Ras Hauptstadt des ersten serbischen Königreiches. Somit hat auch dieser relativ unbedeutende, weil arme und abgeschiedene Teil Serbiens, ähnlich wie das Kosovo eine große Bedeutung für die Serben. Dass auch diese Wiege des Serbentums aufgrund der langen osmanischen Herrschaft nun zum Großteil von Moslems bewohnt wird, macht die politische Lage nicht leichter.

Die Moslems im Sandžak waren lange Zeit unpolitisch, erst durch die repressive Politik in den 1990er Jahren begannen sie, sich auf ihre Identität zu besinnen und bezeichnen sich seither großteils als Bosniaken, so wie ihre

128

*jd*durch Mark und Bein gehen – send chills down spine
sich besinnen auf – to recollect

moslemischen Glaubensbrüder in Bosnien. Bosniaken in Serbien, Serben in Bosnien. Vielleicht kommt irgendwann jemand auf abstruse Idee, auch diese beiden Gruppen ihre Heimat gegeneinander einzutauschen. Es scheint mir manchmal, als sei die Geschichte der ethnischen Auseinandersetzungen noch nicht vorüber. Die Gemengelage der Völker und Religionen im ehemaligen Jugoslawien ist auch nach zehn Jahren Vertreibungen noch keineswegs Vergangenheit. Auch heute noch ist Novi Pazar ein bedeutender regionaler Umschlagplatz. Die Straßen sind voll mit fliegenden Händlern, Lederjacken und andere Kleidungsstücke finden sich in Unmengen. Ebenso die unvermeidlichen Zigaretten, dafür sind Alkoholika kaum zu sehen. Der Einfluss des Islams ist durchaus spürbar, auch wenn fünfzig Jahre Kommunismus vielen die Spiritualität ausgetrieben hat.

Bei der Frage der Unabhängigkeit Montenegros muss auch auf die legitimen Interessen der Moslems im Sandžak Rücksicht genommen werden. Diese fürchten durch eine Teilung des Sandžak auf zwei unabhängige Staaten Nachteile. Sie befürworten daher zum überwiegenden Teil den Beibehalt der Bundesrepublik Jugoslawien, da sie Einschränkungen in der Bewegungsfreiheit und im beruflichen Leben erwarten. Wie auch in Bosnien-Herzegowina war der Islam im Sandžak nie fundamentalistisch oder aggressiv gewesen. Ein ungeschicktes Vorgehen bei der Verwirklichung der Unabhängigkeit Montenegros jedoch könnte bei den Moslems in beiden Teilen des Sandžak eine Radikalisierung bewirken, die destabilisierende Konsequenzen auf die Region haben könnte. Wieder einmal erweisen sich Grenzen, die auf der Londoner Konferenz nach den Balkankriegen festgelegt wurden, als ein potenzi-

abstrus - absurd, abstruse, ludicrous

eine ~ Idee

die Gemengelage - circumstances

129

eller Faktor der Instabilität. Jedenfalls ist es <u>bedenklich</u>, dass die gewählten Vertreter der Sandžak-Moslems bei den von der Europäischen Union begleiteten Verhandlungen zwischen Belgrad und Podgorica keine Stimme hatten und daher ihre Anliegen bislang nicht berücksichtigt wurden. Wieder einmal scheint man Gefahr zu laufen, eine zur Kooperation bereite große Bevölkerungsgruppe zu ignorieren, um eine elegant erscheinende <u>Übereinkunft</u> zu erzielen. Das Beispiel der Kosovo-Albaner dürfte hinlänglich gezeigt haben, dass dies ein gefährlicher Weg ist.

bedenklich - alarming, critical, dubious, ominous questionable

höchst bedenklich- highly questionable

die Übereinkunft- agreement, accord

VOJVODINA

Novi Sad, Sommer 2001

Die Vojvodina ist die Kornkammer Serbiens und mit Abstand dessen reichste Region. Die Ebene, die eine Fortsetzung der pannonischen Tiefebene ist, wird nur durch die sanften Hügel der *Fruška Gora*, der Frankenberge, unterbrochen. Der Name des Höhenzuges erinnert an die Gegenangriffe der Franken im Mittelalter, als die asiatischen Reitervölker Mitteleuropa bedrohten.

Das für die kulturelle und wirtschaftliche Entwicklung Serbiens so wichtige Gebiet kam erst nach dem Zerfall des Habsburgerreiches an Serbien bzw. Jugoslawien. Für viele Jahrhunderte bildete es bereits einen Fokus des Serbentums. Bis in die Mitte des 16. Jahrhunderts gehörte die Vojvodina zu Südungarn, bevor sie für ein Jahrhundert an das osmanische Reich fiel. Dies war die Zeit, als das Habsburgerreich selbst von den Osmanen bedroht wurde. Der Wendepunkt der Auseinandersetzungen zwischen den Habsburgern und den Osmanen kam mit der erfolglosen zweiten Türkenbelagerung von Wien 1683. Großwesir Kara Mustafa hatte sich und die Stärke seiner Truppen überschätzt und die Gegenwehr der Christen unterschätzt, vor allem hatte er nicht mit der Hilfe der Polen unter Jan Sobieski gerechnet. Jedenfalls mussten sich die osmanischen Verbände Hals über Kopf zurückziehen, und Prinz Eugen stieß nach, bis weit in das heutige Mittel- und Südserbien hinein. 1688 wurde Belgrad von Kurfürst Max Emanuel von Bayern besetzt, 1697 siegte Prinz Eugen bei Senta und damit wurde der Weg für eine Neubesiedlung des mittlerweile verödeten Landstrichs frei, die auch staat-

die Kornkammer – breadbasket

lich organisiert wurde. Auf diese Weise kamen Deutsch-sprachige, Slowaken, Ungarn und Andere in die Vojvo-dina. Selbst nach der Vertreibung der Deutschstämmigen nach dem Zweiten Weltkrieg blieb der multi-ethnische Charakter erhalten und machte auch die Vojvodina zu einem Jugoslawien im Kleinen. Hauptstadt dieser Sied-lungsaktivität wurde Neusatz, serbisch Novi Sad.

Die serbische Bevölkerung nahm die militärische Inter-vention Österreichs zum Anlass, gegen die osmanische Oberhoheit aufzubegehren. Im Gefolge der Niederlagen, die Prinz Eugen einstecken musste, und dem Verlust Bel-grads 1690 setzte unter der serbischen Bevölkerung aus Furcht vor der Rache der Osmanen eine Fluchtbewegung Richtung Norden ein. Diese Migrationswelle war den österreichischen Behörden durchaus willkommen, konn-ten doch damit weitere Siedler für die Vojvodina gewon-nen werden. Diese erschienen so wertvoll, dass sie ihre Religion behalten durften und der Sitz des Patriarchen nach Sremski Karlovci verlegt werden konnte. Mangels breiter spiritueller und intellektueller Betätigung der Ser-ben im osmanischen Gebiet wurde die Vojvodina somit zum Zentrum der serbischen Kultur, die dann ihrerseits wieder das eigentliche Serbien beeinflusste, vor allem in der Zeit des erwachenden Nationalismus.

In der Folge wurde in der Vojvodina immer wieder der Ruf nach mehr Autonomie laut, zunächst im Verband des Habsburgerreiches, dann im ersten Jugoslawien. Da sich dieses von Belgrad dominierte erste Jugoslawien als Verei-niger aller Serben betrachtete, wurde diesen Forderungen naturgemäß keine Beachtung zuteil. Der Kommunist Tito aber erkannte die Stärke dieses Anspruches und gewährte der Vojvodina mit der Verfassung von 1974 weitgehende

die Oberhoheit - authority, suzerainty

Autonomierechte innerhalb Serbiens und den gleichen Status wie eine Republik auf Bundesebene (wie Kosovo).

Im Jahr 1988 hob Slobodan Milošević die Autonomie der Vojvodina auf und gliederte die Provinz in den Einheitsstaat ein, womit er auch die Kontrolle über die Stimme der Vojvodina auf der Bundesebene erhielt. Nach dem Fall Milošević' wurden die Forderungen nach Autonomie durch Novi Sad so virulent, dass sich die neue demokratische Führung zu Beginn des Jahres 2002 veranlasst sah, der Vojvodina wieder den Großteil der Autonomierechte zurückzugeben. Auch in diesem Falle können sich politische Forderungen auf eine lange historische Entwicklung stützen. Belgrad und auch Europa wären in diesem Falle gut beraten, die Stimmen aus der Vojvodina nicht auf Dauer zu ignorieren.

Novi Sad selbst ist eine österreichisch geprägte Stadt mit viel Barockarchitektur, kaum zu unterscheiden von ungarischen oder ostösterreichischen Städten. Die deutschsprachige Bevölkerung ist nur mehr rudimentär vorhanden, ebenso die anderen Minderheiten, die vor dem Zweiten Weltkrieg die Stadt bewohnten. In unmittelbarer Nähe der Stadt, an der Donau, liegt die Festung Peterwardein, die in der Geschichte der Auseinandersetzung zwischen den Habsburgern und Osmanen wiederholt eine wichtige Rolle spielte. Die strategische Lage der Stadt führte im Frühjahr 1999 auch dazu, dass die NATO die Donaubrücken zerstörte. Damit sollte verhindert werden, dass die jugoslawische Armee Einheiten aus der Vojvodina in den Kosovo verlegte. Bis heute ist mir allerdings unverständlich, warum eine Donaubrücke südlich von Novi Sad nicht zerstört wurde. Dadurch war die Zerstörung der drei anderen sinnlos geblieben – wie so vieles in diesem Krieg. Es dauerte

virulent- virulent

drei Jahre, bis sich die internationale Gemeinschaft auf die Finanzierung der Räumung der Donau bei Novi Sad einigen konnte, um die so vitale Ader des Kontinents wieder zu beleben.

BOSNIEN-HERZEGOWINA

Sarajewo, Juni 2001

Die Stelle ist geradezu banal. Die Brücke am Fluss Miljacka ist unscheinbar, die Straße entlang des Flusses ebenso. Nichts deutete hier auf ein Epizentrum eines Erdbebens hin, das bereits seit beinahe einem Jahrhundert unsere Welt verunstaltet. Ich musste diesen Ort aufsuchen, erschien er mir doch als ein zentraler Ort für das Verständnis nicht nur für die Geschichte der Südslawen, sondern auch für Österreich und schließlich Europa. Kaum ein Ort und kaum ein Datum wurde zu einem so starken Symbol für Gewalt, Hass und Zerstörung wie Sarajewo, 28. Juni 1914, wenn auch nur zwei Schüsse fielen, sowie ein paar selbstgebastelte kleine Bomben. Wie durch einen bösen Fluch wurde Sarajewo zu Beginn der 90er Jahre des 20. Jahrhunderts wiederum zum Symbol für Hass und Zerstörung.

An dieser Stelle also, an der ich mich jetzt befand, stand der kaum 19jährige Gavrilo Princip und war völlig verdutzt, als der Wagen mit dem Thronfolger des Habsburgerreiches und dessen Gattin unvermutet – aufgrund eines lapidaren Fehlers - vor ihm zu stehen kam. Ohne zu zielen, seine Hände zitterten vor Aufregung, feuerte er zwei Schüsse ab, das Fanal zum Ersten Weltkrieg. Kaum vorstellbar, dass diese beiden ungezielten Schüsse tödlich waren. An der Stelle des Attentats wurde zunächst eine Gedenkstätte für die beiden Ermordeten errichtet, nach dem Krieg dann eine für Princip. Der Teufel des einen, der Held des anderen. In Artstetten in Niederösterreich, wo der Thronfolger ein Schloss besaß, wird Franz Ferdinands

verunstalten. to blemish, deface, disfigure

lapidar - succinct

und Sophies als ersten Opfern des Weltkrieges gedacht. Die Schockwellen, die diese beiden Schüsse aus der zittrigen Hand verursachten, gingen durch Europa und die Welt, das Pulverfass hatte seine brennende Lunte gefunden.

Vielen in Wien kam der Tod des Thronfolgers jedoch recht: den einen, die ihn aus innenpolitischen Gründen hassten, den anderen, weil sie in dem Attentat eine willkommene Gelegenheit sahen, mit Serbien ins Gericht zu gehen, in das alles entscheidende. Rasch wurde Serbien als Anstifter ausgemacht und eine geharnischte Note wurde von Wien nach Belgrad gesandt, die ein zeitlich knappes und inhaltlich weitgehendes Ultimatum darstellte. Seither gibt es eine unermüdliche Diskussion, ob die scharfe Reaktion Wiens gerechtfertigt war oder ob man zu weit gegangen war. Damals waren die Großmächte der Ansicht, dass sich Österreich-Ungarn zu Recht verteidige, war doch immerhin der Thronfolger meuchlings ermordet worden. Jedenfalls lehnte Serbien nur eine der zahlreichen Forderungen ab, nämlich die Zulassung österreichischer Organe beim Untersuchungsverfahren gegen mutmaßliche Hintermänner des Attentats. Die anderen Forderungen, die faktisch ebenfalls auf eine weitgehende Aufgabe der Souveränität hinausliefen, waren von Serbien kleinlaut akzeptiert worden.

Zu dieser Zeit war Nikola Pašić Chef der serbischen Regierung. Seit mehreren Jahrzehnten gestaltete der Anführer der Serbischen Radikalen Partei bereits den Aufbau des serbischen Staates – einer der vielen Höhepunkte waren die siegreichen Balkankriege 1912/13 gewesen. Mit diesen militärischen Erfolgen konnten bedeutende territoriale Gewinne auf Kosten des osmanischen Reiches erreicht werden. Dadurch wurde Serbien allmählich zu

geharnischt - sharp, sharply-worded
strong, strongly worded

einer Bedrohung der Vormachtstellung Österreich-Ungarns auf dem Balkan. Nicht dass Serbien eine militärische Bedrohung für Wien darstellte, es war aber das für den Vielvölkerstaat gefährliche Vorbild von Sardinien-Piemont, welches in Wien für berechtigte Unruhe sorgte. In Serbien orientierte man sich an diesem Vorbild – ein kleiner Mutterstaat hatte erfolgreich Österreich herausgefordert und war zum Einiger Italiens geworden. Eine der führenden nationalistischen Zeitschriften in Serbien hieß denn auch folgerichtig *Pijemont*.

Nach der Annexion von Bosnien-Herzegowina 1908 bildeten die Slawen im Habsburgerreich einen beträchtlichen, nicht mehr zu ignorierenden Anteil an der Gesamtbevölkerung. Während die meisten maßgebenden Kreise in Wien und Budapest am 1867 getroffenen Ausgleich und der damit erfolgten faktischen Zweiteilung des Reiches nichts ändern wollten, war es ironischerweise gerade Franz Ferdinand, der für die Umgestaltung des Staates in eine dreiteilige Union eintrat. Damit sollten die Slawen die gleichen Rechte wie die Deutschsprachigen und die Ungarn erhalten und deren zentrifugale Tendenzen abgefangen werden. Dass Princip und seine Mitverschwörer ausgerechnet Franz Ferdinand als den größten Feind der Südslawen ansahen und ihn deswegen ermorden wollten, war eine der seltsamen Launen der Geschichte. Belgrad, das wohl bei der Vorbereitung des Attentates seine Finger mehr im Spiel hatte als es eingestehen wollte, hatte dann offenbar eine Art schlechten Gewissens und ging daher auf die meisten Forderungen des Ultimatums ein.

Das Tragische an den Ereignissen des 28. Juni 1914 ist, dass die Beziehungen zwischen Österreich und Serbien die längste Zeit gut gewesen waren. Wie bereits erwähnt, unterstützte die serbische Bevölkerung den Vormarsch

beträchtlich – considerable, appreciable, extensive

137

von Prinz Eugen durch Serbien nach der erfolglosen Wiener Türkenbelagerung, dann gewährte Österreich den aufständischen Serben Asyl inklusive - damals keineswegs selbstverständlicher - kultureller und religiöser Autonomie, nachdem die Osmanen südlich der Donau letztlich die Oberhand behielten. Daraufhin teilten Österreicher und Serben den gleichen Feind, wodurch sich eine Kooperation beinahe von selbst ergab. Mit der völkerrechtlichen Erlangung der vollständigen Unabhängigkeit Serbiens vom osmanischen Reich 1878 – unter maßgeblicher Mithilfe Österreichs – wurden die Reibungen jedoch unaufhaltsam größer: Serbien wollte sich mit dem Erreichten nicht zufrieden geben und beabsichtigte, ein Groß-Serbien zu errichten, das auch die in Österreich-Ungarn lebenden Serben umfassen sollte. Einer der wenigen konstruktiven Ideen aus dem Vorfeld der Okkupation stammte vom damaligen ungarischen Premierminister Julias Graf Andrassy: Er schlug vor, die Monarchie sollte den osmanischen Sultan dazu bewegen, die beiden Provinzen Bosnien und Herzegowina Serbien zu überlassen. Dadurch würde eine stabile Lage in dem gefährlichen Kräfteparallelogramm zwischen Wien, Belgrad, Konstantinopel und Petersburg erreicht werden, Serbien wäre Wien gegenüber in der Schuld und der russische Einfluss würde zurückgedrängt. Kaum war er jedoch Außenminister des Gesamtstaates geworden, änderte er seine Meinung und betrieb wie der gesamte Hof die Einverleibung dieser beiden osmanischen Provinzen. Das Interesse Wiens an der nicht ungefährlichen Okkupation (man fürchtete vor allem starken Widerstand von Russland) war die Schaffung eines Hinterlandes für die dalmatinischen Provinzen, der Ausbau der Vormachtstellung auf dem Balkan, die Behinderung der weiteren Expansion Serbiens und auch die Erfüllung historischer Ansprüche der ungarischen Reichshälfte auf Bosnien. Ein weiterer Faktor dürfte gewesen sein, dass Österreich-Ungarn die Erwerbung überseeischer Kolonien verschlafen hatte und dafür Ersatz suchte. Aus damaliger Perspektive waren diese letzteren Überlegungen die verführerischen. Hätte sich jedoch die ursprüngliche Ansicht von Andrassy durchgesetzt, wäre die Entwicklung vielleicht glücklicher verlaufen.

Mit der Okkupation, spätestens aber mit der Annexion Bosnien-Herzegowinas 1908 waren die Würfel gefallen. Serbien musste durch diese Maßnahme befürchten, dass damit sein Ziel der Vereinigung aller Serben in weite Ferne gerückt war. Der 1903 blutig herbeigeführte Dynastiewechsel von den eher Österreich-freundlichen Obrenović zu den Österreich-feindlich gesinnten Karađorđević brachten die Beziehungen zwischen Wien und Belgrad endgültig aus dem Lot. Kurzfristig konnte der serbische Expansionsdrang gegen das osmanische Reich Richtung Süden ausgelebt werden, in den gerade erwähnten Balkankriegen. Als aber diese Beute zwischen Serbien, Montenegro, Bulgarien und Griechenland aufgeteilt war, musste Serbien zwangsläufig seinen Blick auf die slawischen Brüder im Westen und Norden richten.

Ich ging weiter zur berühmten Baščaršija, dort, wo Sarajewo und der ganze Balkan noch am meisten von der osmanischen Herrschaft geprägt ist. Die hochstehende Kultur der Osmanen stand in der Frühphase der Beherrschung des Balkan in nichts der damaligen westeuropäischen Kultur nach, was sich besonders augenfällig in der wunderschönen Architektur und in der Dichtung niederschlug. Die Baščaršija ist, was wir als Bazar bezeichnen würden. Ich wandelte durch die engen Straßen, vorbei an den Moscheen, der typischen Architektur der Moslems: niedrige, gedrungene Häuser mit schwerem Dach, den türkischen schwarzen Holzfenstern. In den Geschäften Schmuck, wie ich ihn in Ägypten gesehen hatte, Stoffe mit orientalischem Muster und ein spezifisch bosnisches Produkt: Schirmständer aus Projektilhülsen, liebevoll ziseliert. Ein schauriges Souvenir aus der jahrelang belagerten und beschossenen Stadt, ich konnte mich nicht durchringen, einen solchen Schirmständer zu kaufen. Unzählige Imbissläden, eingehüllt in Rauchschwaden von gegrillten Ćevapčići säumten den Weg, Händler priesen lautstark ihre Waren an, verschleierte Frauen und Männer mit Vollbärten waren häufig zu sehen. Diese waren jedoch zumeist Ausländer, ich konnte Arabisch und Persisch vernehmen. Einige Geschäfte hatten sich auf den Verkauf von islamischer Literatur und Musik spezialisiert, auf Poster von der Kaaba in Mekka und dem Felsendom in Jerusalem. Wenige Schritte weiter verwandelte sich die Straße unvermittelt in eine Wiener Fußgängerzone, mit den typisch klassizistischen Bauten, mehrstöckig, hell, mit weißen Fenstern, Wiener Kandelabern. Keine Geschäfte mehr mit orientalischer Ware, dafür mit Benetton und Seiko-Uhren. Man konnte mit einem Fuß im Orient stehen, mit dem anderen im Okzident. Ich ging mehrmals zwischen diesen beiden Welten hin und her, ich konnte mich an diesem Kontrast nicht satt sehen. Es erschien unendlich traurig, dass diese multikulturelle Stadt, diese so reiche Stadt, durch blinden Hass und dumpfen Nationalismus beinahe zerstört worden wäre. Die Wunden, die der Krieg in der Stadt geschlagen hatte, waren noch weithin zu sehen, der Wiederaufbau war auch fast sechs Jahre nach dem Friedensschluss nur wenig vorangeschritten. Ob Sarajewo jemals wieder in seiner alten Vielfalt auferstehen wird?

dumpf - Muffled, dull

Bosnien-Herzegowina ist durch drei Kulturen geprägt, sozusagen ein Jugoslawien im kleinen. Vielleicht war dies der Grund, warum der Krieg dort so lange und intensiv geführt wurde. Die größte Konzentration der islamischen Kultur manifestiert sich in den Städten. Die Sitze der osmanischen Verwaltung und der Großgrundbesitzer konzentrierten sich auf die wenigen Städte, das ländliche Umland blieb überwiegend christlich geprägt. Wunderschön sind die Moscheen mit ihren schlanken Minaretten, mit ihren spitzbogigen Vorhallen, ihren Brunnen und der ornamentalen Dekoration. Diese sind über das ganze Land verstreut und verleihen ihm diese so seltsam anmutende orientalische Stimmung in einer europäischen Landschaft. Eigentlich wären diese osmanischen Moscheen ein Musterbeispiel an einer Verschmelzung von Kulturen: geht doch ihre Form (im Gegensatz etwa zu den Moscheen im arabischen Raum) auf die größte orthodoxe Kirche, die Hagia Sophia in Konstantinopel, zurück. Der bosnische Islam war nie fundamentalistisch oder aggressiv gewesen. Die Slawen konvertierten vor allem aus dem Grund, ihren Grundbesitz behalten zu können – dies war nur Moslems erlaubt. Daher hatten die bosnischen Moslems auch kein Interesse an allzu großen Veränderungen und kooperierten mit den Osmanen nur, soweit es ihren Interessen zuträglich war. Die Grundbesitzer waren so stark, dass der osmanische Wesir nicht in Sarajewo, der größten Stadt residieren konnte, sondern im abgelegenen Travnik. Nur drei Tage im Jahr durfte er sich in Sarajewo aufhalten. Die bosnischen Moslems organisierten sich Bektaši-Orden, einer Unterart der Sufi-Orden. Die Sufis widmen sich dem mystischen Leben, um sich Allah im Gebet nähern zu können. Sie sind also nach innen orientiert und leben oft im Gegensatz zur herrschenden politischen Ordnung. Die weite

Verbreitung des Sufismus in Bosnien, aber auch zum Beispiel in Albanien (wo sich heute das Weltzentrum der Bektaši-Orden befindet) mag darauf zurückzuführen sein, dass die Konvertierten sich im Grunde nie in die osmanische Ordnung einfügen wollten, sondern eben nur aus ökonomischen Gründen den Islam angenommen hatten. Daraus folgt aber auch, dass von der bosnischen Variante des Islam keine wie immer geartete Gefahr für das christliche Europa ausgeht. Wie so oft, handelt es sich bei der vor und während des Bosnienkrieges vor allem von den Bosno-Serben herbeigeredeten fundamentalistischen Gefahr um eine selbsterfüllende Prophezeiung. In ihrer Not, als die bosnischen Moslems mit dem Rücken zur Wand standen und Europa und auch die USA ihnen nicht beistand, mussten sie sich in der islamischen Welt nach Verbündeten umsehen. Die Wahl fiel nicht schwer, die reichen bzw. einflussreichen Länder Saudi-Arabien und der Iran stellten nur zu gerne ihre Hilfe, und damit auch ihre Version des Islam, zur Verfügung. Dass diese Version wesentlich militanter ist als der bosnische, zeigt sich an dem unheilvollen Einfluss, den beide Länder auf die Taliban in Afghanistan hatten. Erst durch den Bosnienkrieg konnte sich der militante Islam in Bosnien festsetzen. Es bleibt abzuwarten, ob sich die Bosniaken wieder auf ihre Wurzeln besinnen oder ob sie den Verführungen aus Riyadh und Teheran erliegen – mit all den jeweils daraus erwachsenden Konsequenzen für die Stabilität in der Region und im restlichen Europa.

Die serbisch-orthodoxe Kultur erlebte in Bosnien im 16. und 17. Jahrhundert eine Blüte und war gerade im Bereich der Bildung sehr aktiv. Erst mit der Aufhebung des serbischen Patriarchates durch die Osmanen 1765 verschlechterte sich die Lage der Serben aufgrund ihrer Teilnahme an anti-osmanischen Aufständen. Ab diesem Zeitpunkt waren nur mehr Griechen als Priester erlaubt. Die kroatische - sprich katholische - Kultur konnte sich ebenfalls nach der osmanischen Eroberung weiterentwickeln. Vor allem die Franziskaner wurden aktiv und gründeten eine Vielzahl von Klöstern, die ihrerseits im Bereich der Erziehung sehr aktiv waren. 1679 drang Prinz Eugen bis nach Sarajewo vor. Nach seinem Rückzug folgte ihm ein Großteil der katholischen Bevölkerung, ähnlich wie die Serben aus dem südlichen Serbien abzogen.

Pale, Juni 2001

Da ich während meiner Zeit in Belgrad unaufhörlich den Begriff Pale, die damalige selbsternannte Hauptstadt der militanten Bosno-Serben, gehört hatte, nutzte ich die Gelegenheit meines Aufenthaltes in Sarajewo, um einen Abstecher zu diesem berüchtigten Ort zu machen. Noch im Stadtgebiet von Sarajewo erreichte ich in Richtung Osten die Republika Srpska, was durch überdimensionale Tafeln in kyrillischer Schrift deutlich gemacht wurde. Schon von der Miljacka im Zentrum konnte man die Hügel sehen, die eigentlich noch zu Sarajewo gehörten, aber aus strategischen Gründen von den Bosno-Serben besetzt worden waren, um von dort aus mit der Artillerie die Stadt zu beschießen. Es war geradezu unheimlich, wie nahe diese Stellungen an der Stadt waren, man konnte mühelos Details der Häuser auf der "anderen" Seite erkennen. Erst jetzt begriff ich, was die fast dreijährige Einkesselung Sarajewos für die Bewohner bedeutet haben musste. Die Straße nach Pale steigt steil in die Berge an, und das Gelände erschien äußerst unzugänglich, sicher nicht einladend. Ich

der Abstecher- detour, side trip

143

erreichte nach wenigen Minuten den Ort Srpsko Sarajevo, also Serbisch Sarajewo, was aber mangels Besiedlung kaum ein Ort genannt werden konnte, sondern nur der bosnoserbischen Eitelkeit dienlich gewesen sein kann. Bald war Pale erreicht und ich fühlte mich wie in einem anderen Land. Aufgrund des Höhenunterschiedes hatte die Umgebung einen völlig anderen Charakter als das nur wenige Kilometer Luftlinie entfernte Sarajewo. In Pale war nichts von der Heiterkeit zu spüren, die selbst im so zerstörten Sarajewo noch erahnt werden konnte. Es war ein Dorf in den Bergen, abgeschlossen von der Außenwelt. Die Häuser waren ärmlich, auf dem gut besuchten Markt fand sich nur Ramsch. Die Einwohner beäugten mich in meinem Wagen mit ausländischem Kennzeichnen misstrauisch, Fremde waren hier, wohl mit Ausnahme der verzweifelten Vermittler im Bürgerkrieg, kaum Gäste in diesem Ort. Ich wagte es nicht, nach dem Haus zu fragen, in dem Karadžić sein Hauptquartier während des Bosnienkrieges aufgeschlagen hatte, aus Furcht vor tätlichen Folgen. Ich drehte einige Runden in Pale und war erleichtert, als ich diesen Ort wieder verließ.

Pale war ein Wintersportort gewesen, der von den Menschen aus Sarajewo häufig besucht worden war. Es erschien mir unfassbar, dass gerade von dort aus die Befehle zum Beschuss von Sarajewo gegeben wurden. Mittlerweile befindet sich die Hauptstadt der Republika Srpska in Banja Luka, das früher allerdings zum Großteil von Moslems bewohnt gewesen war.

Die Serben stellten zwar nur etwa ein Drittel der Gesamtbevölkerung Bosniens, aufgrund ihrer vornehmlichen Besiedlung des ländlichen Raumes bewohnten sie aber ungefähr die Hälfte der Fläche des Landes. Als Bosnien 1992 unabhängig wurde, wiederholte sich das Szenario, das gerade in Kroatien abgelaufen war. Die Serben wollten nicht in einem von Moslems regierten Staat leben, riefen eine serbische Republik aus und wollten sich an Rest-Jugoslawien anschließen. Wiederum von der Jugoslawischen Volksarmee unterstützt, gelang es ihnen, bis zu siebzig Prozent des Territoriums zu kontrollieren. Da die drei Gruppen Moslems, Serben und Kroaten in vielen Teilen durchmischt lebten, verfolgten die Bosno-Serben unter Radovan Karadžić und Ratko Mladić eine brutale Politik der Vertreibung der anderen Gruppen, um einen möglichst homogenen serbischen Staat zu schaffen. Diese Politik führte zu der eher unerwarteten Koalition zwischen Kroaten und Moslems, obgleich diese beiden Völker bis dahin nie auf derselben Seite gestanden waren.

Sämtliche Bemühungen der Europäischen Gemeinschaft und der Vereinten Nationen, den Krieg zu beenden, scheiterten an der militärischen Überlegenheit der Serben und den konträren Interessen der internationalen Gemeinschaft. Immer wieder wurden von den Vermittlern Landkarten der politischen Neugestaltung vorgeschlagen, die den Serben jedoch niemals die tatsächlich von ihnen kontrollierten Gebiete zusprachen. Insgesamt drei Jahre dauerte dieser blutigste der jugoslawischen Nachfolgekriege, bis sich schlussendlich die USA mit ihrem gesamten politischen und auch militärischen Gewicht einbrachten. NATO-Flugzeuge bombardierten im Sommer 1995 die Stellungen der Bosno-Serben, von denen aus sie die Städte jahrelang mit Artillerie beschossen hatten. Die gleichzeitige Militäraktion der Kroaten gegen die Krajina-Serben schnitt die Bosno-Serben im Westen vom Nachschub ab, während Serbien unter dem Druck der internationalen Gemeinschaft die Versorgung im Osten eingestellt hatte. Die Koordinierung des kroatischen Vorgehens mit den

NATO-Angriffen war offensichtlich und führte zu dem aus US-Sicht gewünschten Ziel. Die Fronten der Bosno-Serben brachen zusammen, und schließlich mussten sie froh sein, noch fünfzig Prozent des Landes zu kontrollieren. Der amerikanische Unterhändler Richard Holbrooke verstand es darüber hinaus auch, sich von Milošević nicht umgarnen zu lassen, sondern konnte auch mit der Faust drohen, wenn dies notwendig war.

Višegrad, Juni 2001

Bosnien-Herzegowina scheint ein Land zu sein, in dem Brücken eine besondere Bedeutung haben. Im ganzen Land, das von vielen wilden Gebirgsbächen durchschnitten wird, haben die Osmanen während ihrer fast fünfhundertjährigen Präsenz als weithin sichtbare zivilisatorische Leistung unzählige Brücken hinterlassen. Natürlich waren sie vor allem als Zweckbauten gedacht, um die Kontrolle des weithin unzugänglichen Landes zu gewährleisten. Dennoch ist jede dieser Brücken gleichzeitig auch ein Kunstwerk in Stein, so, als wollte man nicht nur die Natur überwinden, sondern auch noch verschönern. Einige Brücken sind zurückhaltend in ihrer Form, andere jedoch kühn. Das Faszinierende an den teilweise gewagten Konstruktionen ist sicherlich die Tatsache, dass sie die Jahrhunderte überdauert haben. Außer wenn ihnen blinder Hass entgegenschlug. Die wohl markanteste unter diesen kühnen Brücken, in der herzegowinischen Hauptstadt Mostar, wurde bedauerlicherweise ein Opfer dieses Hasses. Sie wurde von Artillerie der bosno-kroatischen Armee solange beschossen, bis sie einstürzte. Militärisch gesehen war dies eher wertlos, aber, wie so vieles in diesem Krieg, war auch

der Unterhändler   ⎤ negotiator, mediator
die Unterhändlerin ⎦

dieser Akt von symbolischer Bedeutung: Man zerstörte gleichzeitig ein Denkmal aus der verhassten osmanischen Zeit sowie die Verbindung zwischen den beiden Teilen der Stadt, der eine von Moslems dominiert, der andere von Kroaten. Man wollte keine Völkerverständigung haben, sondern die Trennung; Brücken als verbindende Bauwerke können da nur hinderlich sein. Zu meinem Bedauern wurde die Brücke von Mostar – der Name der Stadt geht auf das Wort für Brücke zurück, *most* – zerstört, bevor ich das erste Mal Gelegenheit hatte, Bosnien und die Herzegowina zu besuchen. Ich hebe mir einen Besuch Mostars für den Zeitpunkt auf, wenn die Brücke wieder rekonstruiert sein wird.

Eine weitere Brücke aus der Zeit der Osmanen hat die Zeitläufte glücklicherweise gut überstanden, wenn auch sie nach dem Zweiten Weltkrieg teilweise restauriert werden musste. Sie befindet sich im Städtchen Višegrad und überspannt die Drina, 1571 wurde die elfbogige Brücke fertiggestellt. Sie erschien mir wie ein Kontrapunkt zur Brücke von Mostar, gar nicht kühn, eher gedrungen, bereit, das tosende Schmelzwasser zu empfangen, das sicherlich große Wirkung entfaltet. Sie wäre auch kaum so berühmt geworden, hätte nicht einer der bedeutendsten – in meinen Augen der bedeutendste – Schriftsteller des ehemaligen Jugoslawien, Ivo Andrić, Träger des Nobelpreises für Literatur, ihr ein unvergleichliches literarisches Denkmal gesetzt. Andrić selbst symbolisiert exemplarisch in seiner Person und Biographie das Verschmelzen von Kulturen und Traditionen, die im Raum des ehemaligen Jugoslawien so reich sind. Er wurde 1892 im damals Österreich-ungarischen Bosnien als Sohn katholischer Eltern, also wohl Kroaten, geboren. Er selbst betrachtete sich eher als serbischer Schriftsteller, wobei er aber vor allem der osmani-

elfbogig

schen Zeit sowie der Auseinandersetzung der westlichen und östlichen Kultur den Hauptteil seines Werkes widmete. Während des Ersten Weltkrieges wurde er wegen politischer Tätigkeit von den österreichischen Behörden eingesperrt, nach dem Krieg wurde er Sekretär der Nationalversammlung in Zagreb. Dann diente er dem königlichen Jugoslawien als Diplomat, den Rest seines Lebens verbrachte er in Belgrad, unter anderem als Abgeordneter zum Parlament und als Präsident des jugoslawischen Schriftstellerverbandes.

Es gibt wohl wenige Schöpfungen der Weltliteratur, die die Geschichte eines Bauwerkes über die Jahrhunderte verfolgt, mit Leben erfüllt und die unendlichen Verquickungen, Drehungen und Wendungen der Geschichte und deren Vermengung mit individuellen Schicksalen zum Inhalt hat. Schon lange, bevor ich die Brücke von Višegrad besuchen konnte, wusste ich genau, wie sie aussieht: nicht von Bildern her, sondern von der akkurat zutreffenden Beschreibung von Andrić. Der Weg von Sarajewo nach Višegrad ist gewunden und langwierig, so wie die Geschichte des Landes.

Die Brücke wurde vom osmanischen Großwesir Mehmed Pascha Sokollu erbaut, der den Slawen unter dem Namen Sokolović bekannt ist, nach seinem Geburtsort. Der Werdegang dieses höchsten Beamten, der nur dem Sultan selbst unterstand, war Ausdruck einer der Eigenheiten des osmanischen Regierungssystems. Nach der Einverleibung großer Teile des Balkans etablierten die Osmanen die *Devshirme*, die sogenannte Knabenlese, die nur an christlichen Knaben vorgenommen wurde. In den anderen Teilen des osmanischen Reiches, etwa in den arabischen Gebieten, die hauptsächlich von Moslems bewohnt waren, wurde diese Art der Steuer nicht eingehoben. In mehrjäh-

die Verquickung- combination

148

die Drehung- gyration, turning
die Wendung- turn, twist
die Vermengung- Mixing, commingling

rigen Abständen durchzogen die Beamten also die christlichen Gebiete auf dem Balkan, um körperlich gut gebaute und intelligente Knaben auszuheben, um sie nach Konstantinopel zu bringen. Sie wurden zwangsweise zu Moslems, im übrigen die einzigen Fälle von Konvertierung unter Zwang unter all den christlichen Untertanen des Sultans. Den Knaben wurde Ausbildung zuteil, die meisten von ihnen formten das gefürchtete Korps der Janitscharen, andere wurden zu Handwerkern ausgebildet, einige jedoch wurden in den Verwaltungsdienst des Sultans aufgenommen. Vor allem dieser letzteren Gruppe standen ungeahnte Karrieremöglichkeiten offen, viele schafften es bis zum Großwesir oder anderen hohen Funktionen. Eine weitere Besonderheit war, dass diese Knaben vielfach den Kontakt mit ihren Familien aufrecht erhalten konnten und diesen nach Möglichkeit auch halfen. Wie bereits erwähnt, konnte Mehmed Pascha, derart zum Großwesir aufgestiegen, seinen Bruder zum serbischen Patriarchen ernennen und dachte seiner Heimat diese Brücke zu. Aufgrund der vereinzelten traumhaften Karrieren und der Nutznießung der hinterbliebenen Familien daraus, wurde das System der Knabenlese von den Betroffenen keineswegs abgelehnt, sondern wurde als große Chance betrachtet. Zum Islam konvertierte Familien jedenfalls beschwerten sich, dass ihre Söhne nun nicht mehr zur Knabenlese herangezogen wurden. 1676 wurde die letzte Knabenlese durchgeführt. Der Hass auf die Türken stammt aus einer viel späteren Zeit, als das Imperium seine Bewohner nur mehr schlecht versorgen konnte und die Organe der Regierung mangels zugewiesener Ressourcen die Bevölkerung mehr und mehr auspressten.

der Knabe - boy, lad

zwangsweise - compulsory, by force

auspressen - to press, squeeze (out)

MAZEDONIEN

Ohrid-See, Juni 2001

Von Albanien aus wollte ich zumindest einen Blick nach
Mazedonien werfen. Eine Reise in das Land selbst erschien
zu dem Zeitpunkt wenig ratsam, da der Bürgerkrieg jederzeit wieder ausbrechen konnte. Einige Jahre zuvor hatte
ich Mazedonien mehrmals auf dem Weg von Belgrad nach
Griechenland bereist, kannte aber nur das Vardar-Tal und
Skopje. In die albanischen Gebiete war ich nicht gekommen, damals gab es auch noch keine Anzeichen, dass es
dort ebenfalls zu einem Bürgerkrieg kommen würde.
Die Europäische Union hatte den Staat nach dessen
Erlangung der Unabhängigkeit 1992 zwar anerkannt, doch
aufgrund griechischen Widerstandes unter dem außerge-
wöhnlichen Namen *ehemalige jugoslawische Republik
Mazedonien*. Der Grund dafür ist für ein weiteres Mal eine
schlecht gelungene Intervention der internationalen Staatengemeinschaft. Nach dem ersten und zweiten Balkankrieg 1912/13 trafen die Großmächte zu einer Konferenz
in London zusammen, bei der die Aufteilung der vom
osmanischen Reich gemachten Beute unter den Staaten
Montenegro, Serbien, Bulgarien und Griechenland forma-
lisiert wurde. Der größte Teil dieser Beute war Mazedonien, welches unter Serbien, Griechenland, Bulgarien aufgeteilt wurde (das neugeschaffene Albanien erhielt
ebenfalls einen, wenn auch winzigen Anteil). Serbien
benannte seinen Teil fortan Südserbien und versuchte, die
lokale Bevölkerung zu assimilieren, Bulgarien versuchte
dasselbe und hat die Fiktion bis heute aufrecht erhalten,
dass die slawische Bevölkerung Mazedoniens eigentlich

bereisen- to visit

150

die Beute- price, booty
die Fiktion aufrecht erhalten

aus Bulgaren bestehe. Tatsächlich sind sich die beiden Sprachen sehr ähnlich, es gibt aber auch Unterschiede, die die beiden Völker trennen. Griechenland verfuhr nicht viel anders und assimilierte mit mehr oder weniger Druck die slawische Bevölkerung bzw. ließ sie emigrieren. Das griechische Mazedonien macht ein gutes Drittel von Festland-Griechenland aus und ist heute eine der reichsten Regionen des Landes. Nach der gescheiterten Invasion Griechenlands in der Türkei nach dem Ersten Weltkrieg wurden Hunderttausende Griechen aus Kleinasien im griechischen Mazedonien angesiedelt, um das neu gewonnene Land vollständig zu hellenisieren.

Tito wiederum anerkannte schließlich, dass es sich bei den Mazedonen um ein eigenständiges südslawisches Volk handelte und gab dem 1912/13 gewonnenen Südserbien den Status einer Republik, dessen Einwohner sich als Mazedonen deklarieren konnten. Im Zuge des Zerfalls des zweiten Jugoslawien sah sich die kommunistische Führung in Skopje vor der Alternative, in einem von Serbien dominierten Rumpf-Jugoslawien zu verbleiben oder die Unabhängigkeit zu wagen. Der damalige Präsident der Teilrepublik Mazedonien, Kiro Gligorov, entschied sich für die Abhaltung eines Referendums, welches allerdings von der albanischen Minderheit boykottiert wurde. Die Befürworter der Unabhängigkeit waren in der Mehrheit, und so wurde diese Republik ein eigenständiges Land – damit sollte es zum ersten Mal seit der Antike einen Staat geben, der Mazedonien heißen sollte. Belgrad intervenierte nicht, da man der Ansicht war, das labile Land werde schon bald wieder in eine jugoslawische Föderation zurückkehren, wenn erst einmal die Nachbarn ihre Begehrlichkeiten offenbart hätten.

gescheitert – abortive, failed
die Begehrlichkeit – greediness, covetousness
die Gier – greed

Überraschenderweise war Bulgarien einer der ersten Staaten, welches Mazedonien anerkannte, wenn auch festgehalten wurde, dass dies nicht der Anerkennung einer mazedonischen Nation bedeute. (Damit hält sich Sofia die Möglichkeit offen, sich irgendwann einmal dieses Mazedonien unter dem Motto der Vereinigung aller Mazedonen einzuverleiben.) In Griechenland jedoch explodierte die öffentliche Meinung und in Massendemonstrationen wurde von der Regierung gefordert, den neu entstandenen Staat nicht anzuerkennen. Athen erklärte diese Frage daraufhin zum nationalen Interesse und zwang damit seine Haltung der gesamten Europäischen Gemeinschaft auf. Bis heute konnte trotz umfangreicher internationaler Bemühungen kein Kompromiss in der Namensfrage gefunden werden. Es ist klar, dass eine dergestalt ungelöste fundamentale Frage zur Stabilität eines Landes kaum beiträgt. Es ist für die europäische Diplomatie symptomatisch, dass die einstweilige Namensform, unter welchem das Land in die Vereinten Nationen, die OSZE etc. aufgenommen wurde, unter Vermittlung der USA zwischen Skopje und Athen zustande kam. Die europäischen Partner Griechenlands erwiesen sich bislang als nicht imstande, diese für die Stabilität Südost-Europas wichtige Frage einer Lösung zuzuführen. Wenn man von Mazedonien nach Griechenland fährt, wird man unmittelbar an der Grenze von einem überdimensionierten Schild begrüßt, das in pseudo-griechischen lateinischen Buchstaben die Aufschrift trägt *Welcome in Macedonia*. Es hat etwas Seltsames an sich, dass man gerade ein Land verlässt, das Mazedonien heißt, um in Mazedonien begrüßt zu werden. Damit sollen griechische Befindlichkeiten keineswegs lächerlich gemacht werden. Es sollte aber fast einhundert Jahre nach den Balkankriegen möglich sein, den histori-

einstweilig- interim, provisional

schen Tatsachen ins Auge zu blicken und den Weg für die Zukunft frei zu machen.

Nach dem Krieg im Kosovo 1999 sahen die siegreichen Kämpfer der kosovarischen Befreiungsarmee ein weiteres Betätigungsfeld in Mazedonien. Die Londoner Konferenz 1912/13 hatte es verabsäumt, alle albanisch besiedelten Gebiete in einem Staat zu vereinen. Neben dem Kosovo und Montenegro verblieb auch eine substanzielle albanische Minderheit in dem Gebiet, aus dem Tito die Republik Mazedonien machen sollte. So lange das alte Jugoslawien existierte, war die Lage der dortigen Albaner vergleichsweise nicht so schlecht. Die Angehörigen Jugoslawiens konnten frei reisen und auch im Ausland arbeiten, was den Albanern in Albanien wegen des äußerst repressiven Hodhxa-Regimes nicht möglich war. Nach der Erlangung der Unabhängigkeit Mazedoniens schien es eine Zeit lang, dass die Albaner mit ihrer Situation zufrieden seien. Objektiv gesehen war deren Lage im Vergleich zu Serbien auch besser. Das erfolgreiche Beispiel ihrer Brüder im Kosovo zeitigte aber Wirkung, und unter aktiver Mithilfe aus dem Kosovo wurde in Mazedonien eine albanische Befreiungsarmee geschaffen, die im Frühjahr 2001 mit militärischen Operationen gegen die von Slawen dominierte Zentralregierung begann. Bis dahin galt Mazedonien als ein Musterbeispiel von ethnischer Toleranz. Es zeigte sich aber ein wiederholtes Mal, dass Konflikte, die für Außenstehende unter der Wahrnehmungsschwelle bleiben, solange nicht geschossen wird, in dieser historisch so befrachteten Region jederzeit ausbrechen können. Der konkrete Anlass für die militärischen Auseinandersetzungen war die Unterzeichnung eines Abkommens zwischen (dem mittlerweile demokratischen) Jugoslawien und Mazedonien, das die an sich unbestrittene und auch international anerkannte

versäumen (formal) – fail to do sth, to neglect sth

153

Grenze zwischen den Ländern demarkieren sollte. Militante Albaner in Mazedonien (und im Kosovo) wollten den slawischen Regierungen in Belgrad und Skopje nicht zubilligen, über albanisch besiedelte Gebiete zu verfügen und griffen zu den Waffen.

Vom albanischen Ufer des Ohrid-Sees blickte ich nach Mazedonien, von Kampfhandlungen war allerdings nichts zu sehen. Ich fuhr weiter bis unmittelbar an die Grenze am südöstlichen Ende des Sees, um zu sehen, was an der Grenze vorging. Es war keinerlei Aktivität zu erkennen, und es war klar, dass von Albanien aus keine Transporte von Waffen oder Kämpfern stattfanden.

zubilligen —to allow

Ausklang

Saloniki, Sommer 2001

Saloniki hat das typische Schicksal einer Metropole am Balkan erlitten. Wer immer in der Region Interessen hatte, versuchte, sich dieser Stadt zu bemächtigen. Während vieler Jahrhunderte kämpften Griechen, Römer, Byzantiner, Araber, Bulgaren, Serben, Normannen, Osmanen, Bulgaren, Serben, Griechen und Türken um diese Stadt. Eines der großen Zentren der Orthodoxie, die Mönchsrepublik Athos, befindet sich in unmittelbarer Nähe. Ebenso Pella, das alte Zentrum des makedonischen Reiches, dort, wo Philipp von Makedonien bestattet ist. Ein typisches Balkan-Schicksal: Kreuzpunkt von Macht, Wirtschaft, Kultur und zeitweise auch Krieg.

Ich ging in ein Musikgeschäft und erkundigte mich nach Balkan-Musik und erläuterte, dass ich damit Musik von Griechenland, Mazedonien (griechisch und slawisch), Serbien und so weiter meinte. Der Verkäufer sah mich entgeistert an: "Griechische Musik haben wir, aber keine Balkan-Musik !" Schließlich konnte ich garantiert echte griechische mazedonische Musik finden. Zuhause angehört, konnte ich keinen Unterschied zur slawischen mazedonischen Musik finden, und das Erbe der türkischen Musik war nicht zu überhören.

Nachwort

Von einem Ende der Geschichte kann keine Rede sein, schon gar nicht auf dem Balkan. Es heißt manchmal, dort werde mehr Geschichte gemacht, als seine Einwohner vertragen könnten. Das klingt vielleicht ein wenig herablassend, aber etwas Wahres mag daran sein. Es gibt kaum einen so vergleichsweise kleinen geographischen Raum, auf dem sich im Lauf der Jahrhunderte diese Vielzahl von Dramen abgespielt hat und wo vor allem die Kulturen des Okzidents und des Orients so unvermittelt aufeinander gestoßen sind und noch immer stoßen wie der Balkan. Uns Österreichern ist dies nicht so fremd, da wir über viele Generationen mit dieser Kulturgrenze direkt konfrontiert waren. Die politischen, wirtschaftlichen, kulturellen, wissenschaftlichen und vor allem persönlichen Kontakte mit den Staaten, Religionen und Menschen des Raumes haben gegenseitig befruchtend gewirkt. Erst im Laufe des 19. Jahrhunderts wurde dieses teilweise innige, wenn auch keineswegs immer spannungsfreie, Verhältnis mehr und mehr aus dem Blickwinkel von exklusiven Nationalismen gesehen, die sich konsequenterweise als feindlich erwiesen. Die Interessen Wiens, Belgrads, Konstantinopels und Moskaus prallten hier aufeinander, die aufgestauten Reibungen entluden sich 1914 in seismographischen Wellen, die die alte Welt unter sich begruben. Es geht mir nicht darum, einem Staatsgebilde oder einer bestimmten Regierungsform das Wort zu reden. Es muss aber erlaubt sein zu fragen, was 1914 der Menschheit gebracht hat außer Morden, Zerstörung und Wahnsinn. Mehr als vier Generationen sind seitdem vergangen, und noch immer ist unsere Welt defor-

156

miert. Die unmittelbaren Folgen des Ersten Weltkrieges, Faschismus, Stalinismus, der Zweite Weltkrieg, der Holocaust und die jahrzehntelange Teilung Europas müssen auch als Erbe des Nationalismus angesehen werden, der vor allem auf dem Balkan bis in die allerjüngste Gegenwart so unglücklich verlief.

Bedauerlicherweise war es auch dem jugoslawischen Nationalismus nicht beschieden, den Balkan dauerhaft zu befrieden. Dieser war angetreten, die von vielen empfundenen Ungerechtigkeiten der Reiche der Habsburger und der Osmanen aufzuheben und die südslawischen Völker in eine glückliche Zukunft zu führen. Doch auch dieser jugoslawische Nationalismus musste scheitern, da er versuchte, die Nationalismen der einzelnen Völker durch eine Art Meta-Nationalismus zu überwinden. Der kommunistische Überbau Titos hatte dem Nationalismus eher die Türen geöffnet, als ihn zu besiegen. Die inhärenten zentrifugalen Kräfte, die sich über Jahrhunderte in Slowenien, Kroatien, Serbien, Montenegro, Bosnien-Herzegowina und Mazedonien herausgebildet hatten, konnten nicht durch ein abstraktes Konstrukt aufgehoben werden. Die unterschiedlichen Traditionen des Katholizismus, der Orthodoxie und des Islam; der Staats- und Rechtstraditionen der Habsburger und der Osmanen; der kämpfenden Helden und der Schafhirten; das Babel der slowenischen, serbo-kroatischen, mazedonischen, albanischen, ungarischen, slowakischen, ruthenischen und deutschen Sprache; die Unterschiede zwischen den Städten und dem Land. Wie konnte man das dauerhaft auf einen Nenner bringen?
Nicht nur fremde Eroberer, auch die Geographie hat das Land zerstückelt: unzugängliche Gebirge und um so leichter für Invasoren zugängliche Ebenen, Küsten und Fluss-

läufe der großen Ströme Donau, Save und Drau, dicht bewaldete Landschaften, abweisender Karst. Die Kommunikation zwischen den verschiedenen Landschaften war daher schon aus physischen Gründen schwierig, die politisch gezogenen Grenzen haben das Übrige zur Abschottung beigetragen. Die Geographie ist ein wesentlicher Grund, warum die verschiedenen Völker nie richtig zusammenwuchsen. Der Nationalismus des 19. Jahrhunderts verstärkte eher die Bildung verschiedener Konstrukt-Nationen, die Sprache alleine erwies sich nicht als ausreichender Faktor des Zusammenhalts.

Interessant ist in diesem Zusammenhang zum Vergleich die Entstehung der albanischen Nation, die sich tatsächlich ausschließlich über die Sprache definiert und die Zugehörigkeit zu Islam und Katholizismus hintan gestellt hatte. Die Lehre daraus ist, dass übertriebener Nationalismus, das kleinliche Suchen von Unterschieden mit Sicherheit kein Mittel ist, einen so heterogenen Staat zusammenzuhalten. Toleranz gegenüber der anderen Religion und anderen Sprachen wäre das einzige Mittel gewesen, Jugoslawien zu erhalten. Dass vor allem den bedeutenden Minderheiten der Kosovo-Albaner und der Vojvodina-Ungarn nie die Möglichkeit gegeben wurde, ihre legitimen Interessen durchzusetzen oder auf demokratischem Wege zu formulieren, hat die Grundordnung des Staates seit seiner Gründung untergraben. Es ist bezeichnend, dass die zweimalig erfolgte Einigung Jugoslawiens mehr unter Zwang als freiwillig stattfand. Nationalstaaten sind nur dann erfolgreich, wenn es Willensnationen sind, die sich aus freiem Willen zusammenschließen. Beispiele von beiden Extremen sind die USA und die Sowjetunion.

sich erweisen als— to prove to be

Der Zerfall des ehemaligen Jugoslawien an sich wäre auch nicht das Problem gewesen, dieser war vor allem die Konsequenz aus dem in sich widersprüchlichen Jugoslawismus und der verfehlten Wirtschaftspolitik und daher zu erwarten. Das Tragische daran war, dass eine Reihe von skrupellosen Politikern, die zumeist der kommunistischen Clique entstammten, das Auseinanderdriften der Republiken für ihre eigenen, kleinen Interessen nutzten, die oftmals einen kriminellen Hintergrund hatten. Erst dadurch konnten die Geister, die gerufen wurden, nicht mehr gebändigt werden. Die weitere Tragik des vergangenen Jahrzehnts liegt daran, dass es Europa nicht gelungen ist, das eigene Haus selbst in Ordnung zu bringen. Alte, längst überwunden geglaubte Konstellationen tauchten wieder auf und legten die Europäische Gemeinschaft, später Europäische Union lahm. Nur das massive und entschiedene Eingreifen der USA konnte den Krieg in Bosnien-Herzegowina 1995, im Kosovo 1999 und in Mazedonien 2001 beenden. Erst die Neuorientierung der amerikanischen Prioritäten nach den Terroranschlägen vom 11. September 2001 ließ die Bedeutung der europäischen Diplomatie wieder wachsen. Dies gibt die Europa die Chance, die eigenen Interessen auf dem eigenen Kontinent durchzusetzen. Dazu müssten diese Interessen zunächst klar formuliert werden; auch in diesem Mangel ist einer der Gründe des zauderlichen Vorgehens der europäischen Politik zu sehen.

Über das Versagen der westlichen Diplomatie in Jugoslawien ist viel geschrieben worden. Aber kann man dem mangelhaften Verständnis und Vermögen der Vermittler die Schuld am blutigen Zerfall Jugoslawiens geben? Ich bin der Ansicht, dass sein Zerfall geradezu vorprogrammiert war, da die Idee des Gesamtstaates keine lebensfähige war.

Ich will dabei auch keinem Kampf der Kulturen das Wort reden, wenn auch einige der Vorstellungen Huntingtons in seinem Buch *Clash of Civilizations* durchaus ihre Entsprechungen in der Realität haben. Es geht vielmehr darum zu erkennen, dass nicht alles zusammengefügt werden kann, was verführerisch so danach aussieht.

Wenn man die Zusammengehörigkeit einer Nation vor allem über die Sprache definiert, so drängt sich eine jugoslawische Lösung, zumindest für die Serben und Kroaten auf, die de facto die gleiche Sprache sprechen, mit geringen lokalen Unterschieden. Schwieriger wird dies schon, den Einschluss der Slowenen und Makedonen mit dem Kriterium der Sprache zu rechtfertigen, gänzlich unmöglich wird es aber für die Einbeziehung der Kosovo-Albaner und der Vojvodina-Ungarn. Die Übernahme dieser beiden großen Gruppen in den Staat Jugoslawien erfolgte eher durch die Zufälligkeiten der Geschichte als auf Basis eines rationalen Nationalismus. Ein solcher hätte nämlich gerade diese Gruppen ausgeschlossen. Wie wir gesehen haben, war dies für das Kosovo vor allem aus spirituellen Gründen außerhalb der Vorstellungskraft der Serben, für die Vojvodina sprachen deren Bedeutung für die Nationswerdung der Serben und deren wirtschaftlicher Reichtum. Wie auch die Probleme der neuen demokratischen Führung in Belgrad zeigen, sind diese beiden komplexen Fragen, nämlich die Frage der Unabhängigkeit des Kosovo und der Autonomie der Vojvodina noch weit von einer stabilen und alle Seiten zufriedenstellenden Lösung entfernt. Unterschiede in Kultur und Religion müssen ernst genommen werden, denn diese schlagen sich nieder in unterschiedlichen Einstellungen zur Konfliktlösung, der Beziehung zum Staat, zu Freund und Feind. Loyalität zu einem Staat muss täglich neu erarbeitet werden, sie ist keine

verführerisch - alluring, beguiling, enticing

Selbstverständlichkeit. Wenn eine Gruppe das Gefühl hat, dass sie wegen ihrer Sprache oder Religion zu den Unterprivilegierten gehört, ist die Loyalität zum Staat rasch in Frage gestellt, wogegen auch schöne abstrakte Konstrukte wie *Brüderlichkeit und Einheit* auf Dauer wenig bewirken.

Die Schweiz, die immer wieder gerne als ein Beispiel für das Zusammenleben verschiedenster Ethnien angeführt wird, kann dabei nur bedingt als Vergleich herangezogen werden. Von Beginn ihrer mehr als siebenhundertjährigen Geschichte war die Schweiz demokratisch und föderativ, das heißt, eine qualifizierte Minderheit konnte nie von der Mehrheit überstimmt werden. Zum anderen ist die Schweiz in sich wesentlich homogener als der Raum des ehemaligen Jugoslawien, die wesentlichen Unterschiede beschränken sich auf Katholizismus versus Protestantismus und deutsch versus welsch. Wie wir gesehen haben, sind die Unterschiede im ehemaligen Jugoslawien mannigfacher und tiefgreifender. Die Schweiz hat zwar auch einige Kriege erlebt, aber nie echte Katastrophen, die die Grundfesten des Staates erschüttert hätten. Dem ehemaligen Jugoslawien war dies nie vergönnt. Zuletzt ist die Schweiz ein sehr reiches Land, und zwar durchgehend; kein Landesteil neidet dem anderen seinen Status und drängt deshalb nicht auf umfassende Änderungen im politischen Gefüge. Die wirtschaftlichen Unterschiede zwischen dem entwickelten Norden und dem zurückgebliebenen Süden des ehemaligen Jugoslawien waren ein wesentlicher Faktor für den Zerfall des Landes. Eher vergleichbar sind die Habsburgermonarchie oder die ehemalige Sowjetunion, die ebenfalls in eine Vielzahl von Nationen, Religionen, Kulturen und Ökonomien zersplittert

[handschriftliche Notiz:] vergönnen – to grant / allow
vergönnt sein

waren, wenn auch diese beiden Staaten einen wesentlich größeren geographischen Raum umfassten.

Stabilität, Prosperität und Achtung der Menschenrechte – für alle – können nur durch eine gemeinsame Anstrengung der Nachfolgestaaten des ehemaligen Jugoslawien und Europas, aber auch *nolens volens* unter Einbeziehung der USA erreicht werden. Ein wesentlicher Faktor der Instabilität, der hier nur gestreift werden konnte, ist die weiterhin ungelöste albanische Frage. Die Versäumnisse der Londoner Konferenz 1912/13 wirken bis heute nach; Österreich-Ungarn hatte dabei vergeblich versucht, alle von Albanern bewohnten Gebiete in einem Staat zu vereinigen. Das Motiv war zugegebenermaßen eher die Schwächung Serbiens gewesen, es wäre aber klüger gewesen, bereits damals eine weise Lösung zu finden. Das komplexe und aus heutiger Sicht kaum lösbare Problem des Kosovo und auch das der Albaner in Mazedonien wird die Region auf absehbare Zeit nicht zur Ruhe kommen lassen.

Oftmals wurde Verwunderung laut, wie Kommunisten zu Nationalisten mutieren konnten, erscheinen doch beide Ideologien als konträr. Dies stimmt sicherlich, was ihren Ausgangspunkt betrifft. Während die einen die Nation, also die Blutbande oder Sprache, als das Zentrum ihrer Politik ansehen, stellen die anderen die Zugehörigkeit zu einer wirtschaftlichen Klasse in den Mittelpunkt. Gemeinsam ist aber beiden Ideologien die totale Vereinnahmung der Menschen, die Methode der Definition, wer zu den Freunden und wer zu den Feinden zu rechnen ist. Die kommunistischen Machthaber verfügten über alle Mittel des Staates, um die Bevölkerung zu beeinflussen: Machtmittel wie Militär und Polizei, wirtschaftliche Mittel wie die staatlichen Betriebe, Propagandamittel wie die Medien. Dieser Apparat bedurfte nur der neuen Worthülsen, die Methoden und die Zielsetzungen waren die selben. Das oberste Ziel der kommunistischen Eliten war die Erhaltung ihrer politischen und wirtschaftlichen Macht. Die slowenischen Kommunisten versuchten als einzige relativ erfolgreich das Modell Demokratie, der damalige Parteichef Kučan konnte sich nach der Erlangung der Unabhängigkeit mehrmals erfolgreich um das Amt des Präsidenten bewerben, ohne Einsatz von Gewaltmitteln. Tuđman und Milošević hingegen erprobten, zunächst ebenso erfolgreich den Nationalismus, Izetbegović den Islam als Vehikel ihrer politischen Ambitionen. Die Kosovo-Albaner machten zunächst erfolglos vom Mittel des friedlichen Widerstandes Gebrauch, erst ihr Zurückgreifen auf gewaltsame Mittel verschaffte ihnen zumindest teilweise Erfolg, ein Mittel, das die Albaner in Mazedonien nicht viel später kopieren sollten. Es ist zu hoffen, dass dieses Modell nicht weitere Nachahmer finden wird.

Sicherlich ausgedient hat die Metapher vom jahrhundertealten Hass zwischen den Nationen auf dem Balkan, der für die jüngsten Kriege verantwortlich sein soll. Alle Völker haben die meiste Zeit seit dem Mittelalter friedlich miteinander gelebt. Die Reiche des Mittelalters waren nicht ethnisch definiert, sondern waren zumeist multi-ethnisch. Sie sind aus dem Spannungsfeld zu Byzanz entstanden und nicht aus nationalistischer Emanzipation. Keiner der Konflikte, die zum Untergang des ehemaligen Jugoslawien führten, war eine Fortsetzung von Ereignissen, die vor Jahrhunderten stattgefunden haben, sondern waren vielmehr die Folge einer Reihe von skrupellosen Politikern, die die weitreichende Unzufriedenheit der Menschen mit ihren aktuellen Lebensumständen für ihre Zwecke miss-

Worthülsen- cliches

brauchten. Die Geschichte hatte insofern Einfluss, als sie einerseits das ethnische und kulturelle Mosaik auf dem Balkan schuf, und epochale Ereignisse wie die Schlacht auf dem Amselfeld oder die Existenz der Militärgrenze im nationalistischen Diskurs wiederbelebte und mit Werten besetzte. Mit gutem Willen und einem konstruktiveren Einfluss von außen wären alle Nachfolgekriege zu vermeiden gewesen, sie waren keine geschichtliche Notwendigkeit.

Die Zukunft des Balkan kann nur in Europa, das heißt in der Annäherung an die sogenannten euro-atlantischen Strukturen liegen. Insofern muss das letzte Jahrzehnt für die Region als verloren betrachtet werden. Es hat aber deutlich gemacht, wie fragil die politische Ordnung auch noch mehr als fünfzig Jahre nach dem Ende des Zweiten Weltkrieges noch immer ist und dass Europa nicht imstande ist, alleine seine Probleme zu bewältigen. Die künftige Europäische Union muss dem in zweierlei Hinsicht Rechnung tragen: zum einen dürfen die Aufnahmekriterien neuer Mitgliedsländer nicht verwässert werden, vor allem, was den Schutz der Menschenrechte und der Rechtsstaatlichkeit betrifft. Zum anderen darf Europa nicht ständig über den Atlantik blicken und den großen Bruder um Hilfe bitten. Die Europäer sind am besten berufen, die europäischen Interessen zu wahren.

Zeittafel

5. Jahrhundert	Beginn der Einwanderung slawischer Stämme in die Balkanhalbinsel; dieser Prozess ist Mitte des 7. Jahrhunderts abgeschlossen
um 800	Slawonien und Dalmatien werden Fränkisch, nur einige Küstenstädte unterstehen weiterhin Byzanz
854-864	Fürst Trpimir in Kroatien, begründet die einzige einheimische kroatische Dynastie (bis 1102)
880	Lösung Kroatiens in Kirchenfragen von Byzanz, wendet sich Rom zu
um 890	Einführung des kyrillischen Alphabetes
Ende 9. Jh.	Der fränkische Einfluss in Kroatien nimmt wieder ab
910-928	Fürst, ab 924 König Tomislav von Kroatien
969-997	Stjepan Držislav von Kroatien, erhält 996 vom Papst die Königskrone
1074-1089	König Zvonimir von Kroatien, erhält 1076 vom Papst die Königskrone
1102	Pacta Conventa zwischen kroatischem Adel und dem König von Ungarn, Koloman: nach Thronwirren in Kroatien wird dieser in Personalunion König von Kroa-

tien. Bis 1918 verbleibt Kroatien derart im ungarischen Staatsverband

11. Jahrhundert	Erste dauerhafte serbische Staatsgründung in Zeta (heutiges Montenegro)
1077	Michael von Zeta erhält vom Papst die Königskrone
1167-1196	Stefan Nemanja, Begründer der serbischen Dynastie der Nemanjiden; Serbien wird unabhängig von Byzanz, Vereinigung von Zeta, Raška und Herzegowina
1176-1236	Rastko Nemanjić, Sohn des Stefan Nemanja, Begründer der serbisch-orthodoxen Kirche = Heiliger Sava
1196-1228	Stefan Prvovenčani in Serbien, erhält 1217 vom Papst die Königskrone
1219	Etablierung der autokephalen serbisch-orthodoxen Kirche
um 1295	Peć wird Zentrum der serbisch-orthodoxen Kirche
1331-1355	Stefan Dušan, König von Serbien. Besiegt Ungarn, erobert Albanien und weite Teile Mazedoniens, Thessalien und Epirus
1346	Das serbische Erzbistum wird zum Patriarchat erhoben, Dušan wird in Skopje zum Kaiser der Serben und Griechen gekrönt
1353-1391	Stefan Tvrtko von Bosnien, wird 1376 König der Serben und von Bosnien sowie 1390 König Dalmatiens und Kroatiens.

	Nach seinem Tod zerfällt das Reich wieder
1355-1371	Stefan Uroš IV., letzter Kaiser Serbiens
1360	Zersplitterung Serbiens in Fürstentümer
1362-1389	Sultan Murad
1371	Serben erleiden schwere Niederlage gegen die Osmanen bei der Schlacht an der Marica (an der heutigen griechisch-türkischen Grenze)
1371-1389	Lazar Hrebeljanović, Fürst in Nordserbien
28.6. 1389	Schlacht auf dem Kosovo Polje, Stefan Lazarević (bis 1427) und Vuk Branković werden Vasallen der Osmanen
1430	Smederevo wird Hauptstadt Serbiens, wird 1459 von den Osmanen erobert
1463	Bosnien wird von den Osmanen erobert
1483	Osmanen erobern die Herzegowina
1526	Schlacht von Mohacs, Ende des ungarischen Reiches
1553	Einrichtung einer österreichischen Verteidigunslinie in Slawonien und Kroatien
1557	Wiedererrichtung des Patriarchats von Peć, Makarije Sokolović wird von seinem Bruder, dem osmanischen Großwesir, als Patriarch eingesetzt
1630	Kaiser Ferdinand II. gewährt den Serben in der Vojna Krajina Privilegien

1683	Zweite Türkenbelagerung Wiens
1688	Die österreichischen Heere unter Prinz Eugen erobern Belgrad, Skopje und den nördlichen Teil Mazedoniens, müssen sich aber wieder zurückziehen
1690	Exodus der Serben aus dem osmanischen Reich unter Führung von Patriarch Arsenije III. Crnojević in das Gebiet der Habsburger
1697	Schlacht von Senta, Prinz Eugen besiegt die Osmanen
1697-1735	Danilo Petrović, Vladika von Montenegro
1699	Vertrag von Karlowitz zwischen Österreich und dem osmanischen Reich
1718	Vertrag von Passarowitz zwischen Österreich und dem osmanischen Reich. Durch diese beiden Verträgen werden die Grenzen geregelt, die im wesentlichen bis 1878 Bestand haben
1739	Österreich verliert gegen die Osmanen Schlacht von Grocka, Vertrag von Belgrad; die Stadt fällt an die Osmanen zurück
1766	Abschaffung des Patrirachates von Peć durch die Osmanen
1804-1813	Erster serbischer Aufstand gegen die Osmanen unter der Führung von Karađorđe

1815	Zweiter serbischer Aufstand, Miloš Obrenović (bis 1830) wird Fürst von Serbien, welches halb-autonom wird
1817	Karaðorðe wird bei seiner Rückkehr nach Serbien auf Befehl von Miloš ermordet, Beginn der Feindschaft zwischen den beiden serbischen Dynastien
1830-1851	Petar II Petrović Njegoš, Vladika von Montenegro
1848	Serbische Nationalversammlung in Sremski Karlovci, Begründung der Vojvodina und Wiederherstellung des serbisch-orthodoxen Patriarchates
1851-1860	Danilo II., weltlicher Fürst von Montenegro
1860-1918	Nikola, zunächst Fürst von Montenegro
1867	Osmanen ziehen aus der Festung Kalemegdan in Belgrad ab, in der Folge aus ganz Serbien, welches aber de jure im osmanischen Staat verbleibt
1875	Montenegro rebelliert gegen das osmanische Reich
1876	Serbien erklärt dem osmanischen Reich den Krieg
1877	Rußland erklärt dem osmanischen Reich den Krieg
März 1878	Vertrag von San Stefano, der dem osmanischen Reich weite Gebiete des Balkans entzieht, in der Folge:

Sommer 1878	Kongreß von Berlin. Serbien und Montenegro werden unabhängig, Österreich-Ungarn erhält das Recht zur Okkupation Bosnien-Herzegowinas
1881	Abschaffung der Vojna Krajina, da diese aufgrund der osmanischen Gebietsverluste gegenstandslos geworden ist
1882	Serbien wird Königreich
1903	König Aleksandar Obrenović und Königin Draga werden von Offizieren der serbischen Armee erobert, Ende der Obrenović-Dynastie
1903-1921	Petar I. Karađorđević, König von Serbien
1903	Ilinden-Aufstand in Mazedonien
1906	Zollkrieg zwischen Österreich-Ungarn und Serbien
1908	Machtergreifung der Jungtürken; Österreich annektiert Bosnien-Herzegowina
1909	Das osmanische Reich anerkannt die Annexion und erhält finanzielle Kompensation
1910	Fürst Nikola von Montenegro erreicht Erhebung zum König
1912	Montenegro erklärt dem osmanischen Reich den Krieg, die Balkankriege beginnen, Serbien, Bulgarien und Griechenland gewinnen vom osmanischen Reich praktisch die ganze Balkanhalbinsel

1913	Abschluß der Balkankriege durch die Verträge von London und Bukarest
28. 6.1914	Ermordung des Thronfolgers der österreichisch-ungarischen Monarchie, Franz Ferdinand und seiner Frau Sophie in Sarajewo
25.7.1914	Österreich-Ungarn übermittelt ein Ultimatum an Serbien
26.7.1914	Serbien akzeptiert das Ultimatum bis auf eine Forderung
28.7.1914	Österreich-Ungarn erklärt Serbien den Krieg
November 1914	Gründung des jugoslawischen Komitees
Juli 1917	Unterzeichnung der Korfu-Deklaration durch das jugoslawische Komitee und die serbische Regierung
November 1918	Konferenz in Genf, Gründung des jugoslawischen Staates
26.11.1918	Das Parlament Montenegros proklamiert die Vereinigung mit Serbien, Ende der Petrović-Dynastie (Nikola im Exil in Paris)
1.12.1918	Proklamierung des Staates der Serben, Kroaten und Slowenen (SHS-Staat) in Belgrad
April 1919	Gründung der kommunistischen Partei Jugoslawiens
1921-1934	Aleksandar, König von Jugoslawien

28.6.1921	Proklamierung der Vidovdan-Verfassung
Juni 1928	Ermordung führender kroatischen Politiker, darunter der Vorsitzende der größten kroatischen Partei, Stjepan Radić, während der Sitzung des Parlaments
Januar 1929	König Aleksandar führt Königsdiktatur ein, da das Parlament nicht mehr arbeitsfähig ist
Oktober 1929	Der Name des Staates wird in *Königreich Jugoslawien* verändert
1934	König Aleksandar wird in Marseille von Aktivisten der extremistischen Kroaten und Mazedonen ermordet
Juli 1937	Josip Broz wird Generalsekretär der KPJ
August 1939	Sporazum (Abkommen) zwischen Belgrad und Zagreb, Einteilung der Machtsphären
6. April 1941	Hitler-Deutschland überfällt Jugoslawien, nachdem durch einen Putsch die deutschlandfreundliche Regierung gestürzt wurde
16. April 1941	Ante Pavelić wird Führer (Poglavnik) des kroatischen Ustaša-Staates, Ende des ersten Jugoslawien, Ausbruch des Brügerkrieges
Oktober 1944	Die überlegenen Partisanen unter Josip Broz Tito und die Sowjetarmee besetzen Belgrad
März 1945	Proklamierung des Demokratischen Föderativen Jugoslawien

Januar 1946	Proklamierung der Föderativen Volksrepublik Jugoslawien
1948	Bruch Titos mit Stalin
1952	Die KPJ wird zur Liga der Kommunisten Jugoslawiens
1953	Tito wird formell Präsident Jugoslawiens
1954	Abkommen von Novi Sad, mit dem die serbische und kroatische Sprache zur Serbo-Kroatischen Sprache erklärt werden
1955	Blockfreien-Konferenz von Bandung; Tito, Nehru und Nasser sind die drei führenden Politiker dieser Bewegung
1963	Umbenennung des Staates in Sozialistische Föderative Republik Jugoslawien (diesen Namen trägt der Staat bis zu seinem Zerfall)
1967	Kroatische Intellektuelle und führende Funktionäre der kroatischen Kommunisten erklären öffentlich die eigenständige Existenz der kroatischen Sprache
1968	Gewalttätige Demonstrationen im Kosovo, die Errichtung einer Republik wird gefordert, in der Folge erhält die Provinz mehr autonome Rechte
1970-1971	"Kroatischer Frühling", endet mit dem energischen Durchgreifen Titos und dem Austausch der kroatischen kommunistischen Führung

1974	Neue Verfassung; Jugoslawien wird eine Föderation, in der die Macht bei den Republiken liegt
4.5.1980	Tito stirbt
1981	Gewalttätige Demonstrationen von Albanern im Kosovo, Einführung des Ausnahmezustandes in der Provinz
September 1986	Memorandum der Serbischen Akademie der Wissenschaft gelangt an die Öffentlichkeit; Beginn des nationalistischen Diskurses in Serbien
Oktober 1988	Installierung Milošević-treuer Funktionäre in der Vojvodina
November 1988	dasselbe geschieht im Kosovo
Januar 1989	dasselbe geschieht in Montenegro
Frühjahr 1989	Massenproteste (von der Regierung organisiert) in Serbien zur Lösung des Kosovo-Problems im serbischen Sinn
März 1989	Änderung der serbischen Verfassung bedeutet den Verlust des autonomen Status für das Kosovo und die Vojvodina
Mai 1989	Milošević wird Präsident Serbiens
28.6.1989	600. Jahrestag der Schlacht auf dem Kosovo Polje; bedeutende Rede Milošević´
Dezember 1989	Gegenseitiger Wirtschaftsboykott von Slowenien und Serbien

20.-22.1.1989	Die slowenischen und kroatischen Delegierten verlassen den 14. (und letzten) Kongress der Liga der Kommunisten Jugoslawiens, die Partei zerfällt
April 1990	Bei freien Wahlen in Slowenien verlieren die Kommunisten und geben die Macht ab, Milan Kučan (früherer Kommunist) wird Präsident Sloweniens
April/Mai 1990	Bei freien Wahlen in Kroatien gewinnt die Kroatische Demokratische Gemeinschaft (HDZ), Franjo Tuðman wird Präsident Kroatiens
2.7.1990	Das Parlament des Kosovo erklärt die Unabhängigkeit der Provinz
5.7.1990	Das serbische Parlament löst daraufhin das Kosovo-Parlament auf, die Föderation billigt diesen Schritt
August 1990	Die Auseinandersetzung zwischen der kroatischen Regierung und den kroatischen Serben eskaliert
November 1990	Bei freien Wahlen in Bosnien-Herzegowina gewinnen die drei nationalistischen Parteien
Dezember 1990	Die Sozialistische Partei Serbiens gewinnt die Wahlen, Milošević wird als Präsident bestätigt. In Montenegro gewinnen die Belgrad-treuen Kommunisten die Wahlen, Momir Bulatović wird Präsident
Februar 1991	Die kroatischen Serben beschließen die Trennung von Kroatien und den Verbleib

in Jugoslawien, kurz darauf Beginn der bewaffneten Auseinandersetzungen. Die JNA interveniert zugunsten der kroatischen Serben

März 1991   Massendemonstrationen in Belgrad gegen das Regime werden von der Polizei niedergeschlagen. Das kollektive Staatspräsidium verweigert den Einsatz der Bundesarmee

15.5.1991   Die Wahl des kroatischen Vertreters Mesić (HDZ) im Staatspräsidium zum Vorsitzenden scheitert am Widerstand des Milošević-Blocks

26.6.1991   Slowenien und Kroatien erklären die Unabhängigkeit. Beginn des 10-Tage-Krieges zwischen Slowenien und der Bundesarmee

1.7.1991   Mesić wird nach intensiven Bemühungen der Europäischen Gemeinschaft zum Präsidenten des Staatspräsidiums gewählt

Juli 1991   Konferenz von Brioni unter Vermittlung der EG; dreimonatiges Moratorium der Unabhängigkeit von Slowenien und Kroatien

August 1991   Beginn der bewaffneten Auseinandersetzungen zwischen Kroatien und der Bundesarmee

November 1991 Die Vereinten Nationen beschließen die Entsendung von friedenserhaltenden

Einsätzen (im Februar 1992 wird die 14 000 Mann starke UNPROFOR gebildet)

Dezember 1991 Proklamierung der Serbischen Republik Krajina (in Kroatien)

Dezember 1991 Deutschland erkennt die Unabhängigkeit von Slowenien und Kroatien an

15.1.1992	Anerkennung von Slowenien und Kroatien durch Österreich, Belgien und Großbritannien
März 1992	Kampfloser Abzug der JNA aus Mazedonien
April 1992	Anerkennung der Unabhängigkeit Bosnien-Herzegowinas durch die EG; die bosnischen Serben erklären daraufhin die Unabhängigkeit von Bosnien-Herzegowina; Beginn des Bürgerkrieges
April 1992	Die aus Serbien und Montenegro bestehende Bundesrepublik Jugoslawien wird gebildet, jedoch nicht international anerkannt
Mai 1992	Jugoslawien wird aus der KSZE ausgeschlossen
Juli 1992	Die bosnischen Kroaten erklären ihre Unabhängigkeit von Bosnien-Herzegowina (Herceg-Bosna)
Mai 1993	Etablierung des Kriegsverbrecher-Tribunals in Den Haag

Mai 1995	Kroatien erobert Sektor West (West-Slawonien) von den aufständischen Serben zurück
Ab Mai 1995	massives Eingreifen der NATO-Luftwaffe gegen Stellungen der bosnischen Serben, Höhepunkt Ende August / September
August 1995	Kroatien erobert die Sektoren Nord und Süd (Serbische Republik Krajina)
November 1995	Friedensverhandlungen in Dayton (USA) beenden den Krieg in Bosnien-Herzegowina
April 1996	Internationale Anerkennung der Bundsrepublik Jugoslawien
17.11.1996	Opposition in Serbien gewinnt überraschend Lokalwahlen, nachdem zwei Wochen zuvor das Regime die Parlamentswahlen gewonnen hatte. Regime aberkennt diesen Sieg, daraufhin über dreimonatige Proteste der Zivilgesellschaft
Juni 1997	Milošević wird vom Parlament zum Präsidenten Jugoslawiens gewählt (das Mandat läuft bis Juni 2001)
November 1997	Erstes öffentliches Auftreten der UCK, der Kosovarischen Befreiungsarmee
Januar 1998	Sektor Ost (Ost-Slawonien) wird friedlich der Souveränität Kroatiens unterstellt, die UN-Verwaltung zieht ab

Ab März 1998	Eskalierung der bewaffneten Auseinandersetzungen zwischen der UCK und den serbischen Sicherheitskräften. Zunächst Erfolge seitens der UCK, ab dem Sommer gewinnt die serbische Seite wieder die Oberhand
24. März 1999	Nach dem Scheitern der diplomatischen Bemühungen beginnt die NATO mit massiven Angriffen auf Jugoslawien
Mai 1999	Milošević wird vom Kriegsverbrecher-Tribunal angeklagt
10. Juni 1999	Einstellung der NATO-Angriffe nach Erzielung einer Übereinkunft mit Milošević, derzufolge die serbischen Sicherheitskräfte aus dem Kosovo abziehen. Die Vereinten Nationen übernehmen die Verwaltung des Kosovo (UNMIK)
1.1.2000	Österreich übernimmt für das Jahr 2000 den Vorsitz der OSZE
24.9.2000	Parlamentswahlen in Jugoslawien, bei denen die Opposition gut abschneidet. Milošević lässt am gleichen Tag Präsidentenwahlen durchführen, obgleich sein Mandat bis Juni 2001 weiterläuft; außerdem lässt er die Wahl nicht vom Parlament, sondern vom Volk durchführen. Unklare Ergebnisse weisen auf seine Niederlage hin, die er aber zunächst nicht eingesteht. In der Folge Massenproteste gegen das Regime

5.10.2000   Milošević gibt auf, Vojislav Koštunica
               wird Präsident Jugoslawiens

November 2000 Aufgrund der Etablierung einer demo-
               kratischen Regierung wird die BR Jugosla-
               wien in die OSZE aufgenommen

Frühjahr 2001 Massive bewaffnete Auseinandersetzun-
               gen zwischen albanischen Aufständischen
               und den Sicherheitskräften Mazedoniens

28.6. 2001   Milošević wird an das Kriegstribunal in
               Den Haag überstellt

August 2001   Abkommen zwischen den Aufständi-
               schen und der Regierung beendet den
               bewaffneten Konflikt in Mazedonien

WEITERFÜHRENDE LITERATUR

Allcock John B., Explaining Yugoslavia, New York 2000

Andrić Ivo, Die Brücke über die Drina, München 1992

Ders., Wegzeichen, München und Wien 1982

Buchmann Bertrand Michael, Österreich und das Osmanische Reich, Wien 1999

Carnegie Endowment, The Other Balkan Wars – A 1913 Carnegie Endowment Inquiry in Retrospect, Washington 1993

Collin Matthew, This Is Serbia Calling – Rock´n´Roll Radio and Belgrade´s Underground Resistance, London 2001

Cowan Jane K., Macedonia – The Politics of Identity and Difference, London 2000

Cviic Christopher, Remaking the Balkans, London 1995

Deichmann Thomas (Hg.), Noch einmal für Jugoslawien: Peter Handke, Frankfurt a.M. 1999

Djilas Aleksa, The Contested Country – Yugoslav Unity and Communist Revolution, Cambridge (Massachusetts) 1991

Djilas Milovan, The New Class – An Analysis of the Communist System, San Diego 1985

Ders., Tito – The Story from Inside, London 1981

Ders., Land Without Justice, San Diego 1958

Ders., Njegoš – Poet, Prince, Bishop, New York 1966

Ders., Montenegro, London 1962

Djukić Slavljub, Milošević und die Macht – Serbiens Weg in den Abgrund, o.O., 2000

Doder Dusko und Branson Louise, Milosevic – Portrait of a Tyrant, New York 1999

Dor Milo, Die Schüsse von Sarajewo, München 1988

Drnovšek Janez, Meine Wahrheit, Kilchberg/Zürich 1998

Durham Mary Edith, Twenty Years of Balkan-Tangles, London 1920

Fine John V.A., The Late Medieval Balkans, Ann Arbor 1987

Friedman Francine, The Bosnian Muslims – Denial of a Nation, Boulder 1996

Fromkin David, Kosovo Crossing – American Ideals Meet Reality on the Balkan Battlefields, New York 1999

Glenny Misha, The Balkans – Nationalism, War and the Great Powers 1804-1999, New York 1999

Ders., The Fall of Yugoslavia, London 1992

Goodwin Jason, Lords of the Horizons – A History of the Ottoman Empire, London 1999

Hall Richard C., The Balkan Wars 1912-1913, London und New York 2000

Halpern Joel M. und Kideckel David A., Neighbors at War – Anthropological Perspectives on Yugoslav Ethnicity, Culture and History, 2000

Handke Peter, Eine winterliche Reise zu den Flüssen Donau, Save, Morawa und Drina oder Gerechtigkeit für Serbien, Frankfurt a.M., 1996

Holbrooke Richard, Meine Mission – Vom Krieg zum Frieden in Bosnien, München 1998

Hösch Edgar, Geschichte der Balkanländer – Von der Frühzeit bis zur Gegenwart, München 1993

The Independent International Commission on Kosovo, Kosovo Report, Oxford 2000

International Press Institute, The Kosovo – News & Propaganda War, Wien 1999

Judah Tim, Kosovo – War and Revenge, New Haven und London 2000

Ders., The Serbs – History, Myth & the Destruction of Yugoslavia, New Haven und London 1997

Karakasidou Anastasia N., Fields of Wheat, Hills of Blood – Passages to Nationhood in Greek Macedonia, Chicago 1997

Kaser Karl, Freundschaft und Feindschaft auf dem Balkan, Klagenfurt 2001

Lampe John R., Yugoslavia as History – Twice There was a Country, Cambridge 2000

Lovrenović Ivan, Bosnien und Herzegowina – Eine Kulturgeschichte, Wien Bozen 1998

Lutz Dieter S. (Hg.), Der Kosovo-Krieg – Rechtliche und rechtsethische Aspekte, Baden-Baden 1999/2000

Magaš Branka, The Destruction of Yugoslavia – Tracing the Break-up 1980-1992, London New York 1993

Majoros Ferenc, Rill Bernd, Das Osmanische Reich – Die Geschichte einer Großmacht, Regensburg 2000

Malcolm Noel, Kosovo – A Short History, London 1998

Ders., Bosnia – A Short History, London 1994

Matuz Josef, Das Osmanische Reich – Grundlinien seiner Geschichte, Darmstadt 1994

Mazower Mark, Der Balkan, Berlin 2002

Melčić Dunja (Hg.), Der Jugoslawien-Krieg – Handbuch zu Vorgeschichte, Verlauf und Konsequenzen, Opladen 1999

Mertus Julia A., Kosovo – How Myths and Truths started a War, Berkeley 1999

Cohen Lenard J., Serpent in the Bosom – The Rise and Fall of Slobodan Milošević, Boulder 2001

Obolensky Dimitri, The Byzantine Commonwealth – Eastern Europe 500-1453, London 1971

Okuka Miloš, Eine Sprache viele Erben – Sprachpolitik als Nationalisierungsinstrument in Ex-Jugoslawien, Klagenfurt 1998

Ostrogorsky Georg, Byzantinische Geschichte, München 1996

Owen David, Balkan-Odyssee, München Wien 1996

Pavlowitch Stevan K., Tito – Yugoslavia´s Great Dictator, London 1992

Pettifer James (Hg.), The New Macedonian Question, New York 2001

Petritsch Wolfgang, Bosnien und Herzegowina – Fünf Jahre nach Dayton: Hat der Frieden eine Chance ?, Klagenfurt 2001

185

Ders., Kaser Karl, Pichler Robert, Kosovo-Kosova – Mythen, Daten, Fakten; Klagenfurt 1999

Popov Nebojša, The Road to War in Serbia, Budapest 2000

Poulton Hugh, Who are the Macedonians ?, Bloomington 1995

Ramet Sabrina Petra, Balkanbabel – The Disintegration of Yugoslavia from the Death of Tito to Ethnic War, Boulder 1996

Rauchensteiner Manfried, Der Tod des Doppeladlers – Österreich-Ungarn und der Erste Weltkrieg, Graz 1994

Rauert Fee, Das Kosovo – Eine völkerrechtliche Studie, Wien 1999

Reuter Jens und Clewing Konrad (Hg.), Der Kosovo-Konflikt – Ursachen, Verlauf, Perspektiven, Klagenfurt 2000

Silber Laura und Little Allan, The Death of Yugoslavia, London 1995

Stavrianos L.S., The Balkans since 1453, New York 2000

Suppan Arnold, Jugoslawien und Österreich 1918-1938, Oldenbourg 1996

Šuster željan, Historical Dictionary of the Federal Republic of Yugoslavia, Lanham 1999

Tachiaos Amthony-Emil N., Cyril and Methodius of Thessalonika – The Acculturation of the Slavs, Crestwood-New York 2001

Thomas Robert, The Politics of Serbia in the 1990s, New York 1999

Todorova Maria, Imagining the Balkans, New York-Oxford 1997

Tomašević Bato, Montenegro – Eine Familiensaga im Jahrhundert der Konflikte, Frankfurt 2000

Treadway John D., The Falcon and the Eagle – Montenegro and Austria-Hungary 1908-1914, West Lafayette 1983

Udovički Jasminka und Ridgeway James (Hg.), Burn this House – The Making and Unmaking of Yugoslavia, Durham und London 1997

Velimirovich Nicholai, The Life of St. Sava, New York 1989

Wachtel Andrew Baruch, Making a Nation, Breaking a Nation – Literature and Cultural Politics in Yugoslavia, Stanford 1998

Ware Timothy, The Orthodox Church, London 1997

Weithmann Michael, Die Donau – Ein europäischer Fluss und seine 3000-jährige Geschichte, Graz-Wien-Köln 2000

Wenig Marcus, Möglichkeiten und Grenzen der Streitbeilegung ethnischer Konflikte durch die OSZE dargestellt am Konflikt im ehemaligen Jugoslawien, Berlin 1996

West Rebecca, Black Lamb and Grey Falcon – A Journey through Yugoslavia, New York 1941

Weymouth Tony und Henig Stanley, The Kosovo Crisis – The Last American War in Europe ?, London 2001

Woodhouse C.M., Modern Greece, Chatham 1991

Zimmermann Warren, Origins of a Catastrophe, New York 1999

Zoellick Robert B. und Zelikow Philip D., America and the Balkans, New York 2001

ABBILDUNGEN

(Die Abbildung auf dem Cover zeigt die Gospa od
Škrpjela-Kirche in der Bucht von Kotor, Montenegro)

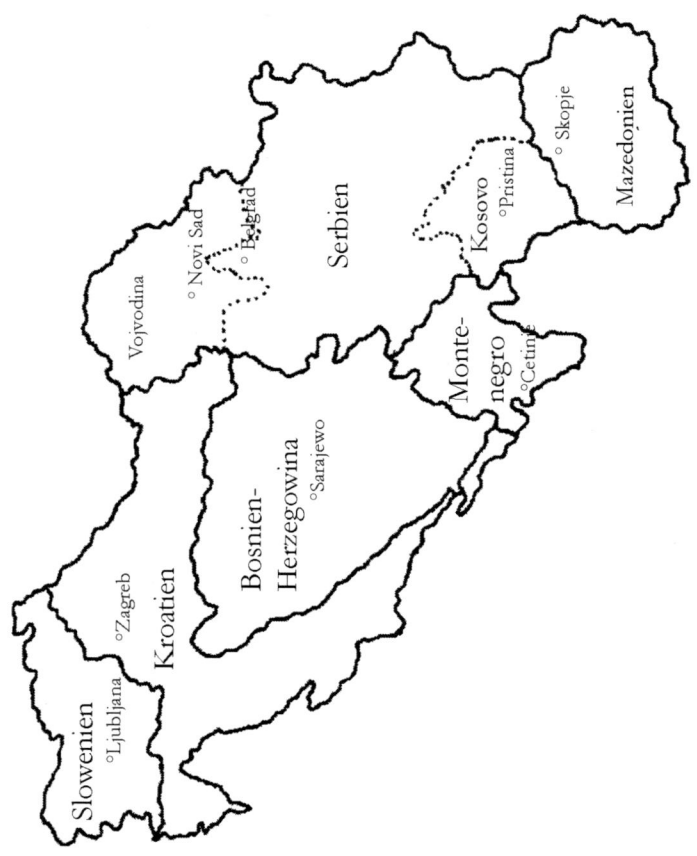

Landkarte des ehemaligen Jugoslawien

Belgrad, 24. Dezember 1996

Nach mehrwöchigen Massenprotesten gegen das Regime wurde für den 24. Dezember 1996 ein Auftritt Milošević vor seinen Anhängern angesetzt. Um ein Zusammentreffen der beiden gegnerischen Gruppen zu vermeiden, wurden in der Stadt massive Sicherheitsvorkehrungen getroffen. Zusammenstöße fanden letztlich keine statt.

Belgrad, 24. Dezember 1996

Während des Tages wurden die Anhänger des Regimes in Dutzenden Bussen aus der Provinz herangekarrt. In Belgrad hatte das Regime nie große Unterstützung. Vorne links ein Überbleibsel der Esspakete, die an die regimetreuen Demonstranten verteilt wurden. Diese Aufnahme habe ich direkt vor meinem Haus an der Kneza Miloša Straße in Belgrad gemacht.

Prizren, Juni 2000

Die pittoreske Altstadt von Prizren gehört zu den wenigen nahezu vollständig erhaltenen Stadtensembles aus der Osmanenzeit.

Prizren, Juni 2000
Deutsche gepanzerte Mannschaftswagen der internationalen KFOR-Truppe bewachen alle neuralgischen Punkte der Stadt.

Kosovo, bei Peć, Juni 2000
Allerorts Verwüstungen. Die Kämpfe wurden auf beiden
Seiten mit großer Erbitterung geführt.

194

Patriarchat Peć, Juni 2000

Der Eingang zum Kloster wird von italienischen KFOR-Truppen bewacht. Eintritt in das Kloster wird nur nach genauer Überprüfung der Personalien gestattet.

Patriarchat Peć, Juni 2000

Die friedliche Ruhe im Inneren der Klosteranlage mit ihren liebevoll gepflegten Pflanzen steht dazu im scharfen Gegensatz. Die Nonnen wagen sich kaum aus dem Kloster.

Priština, Juni 2000
Auch der Propagandakrieg wurde mit allem Einsatz geführt. Hier die Bezeichnung für die Kosovarische Befreiungsarmee auf einer Hauswand.

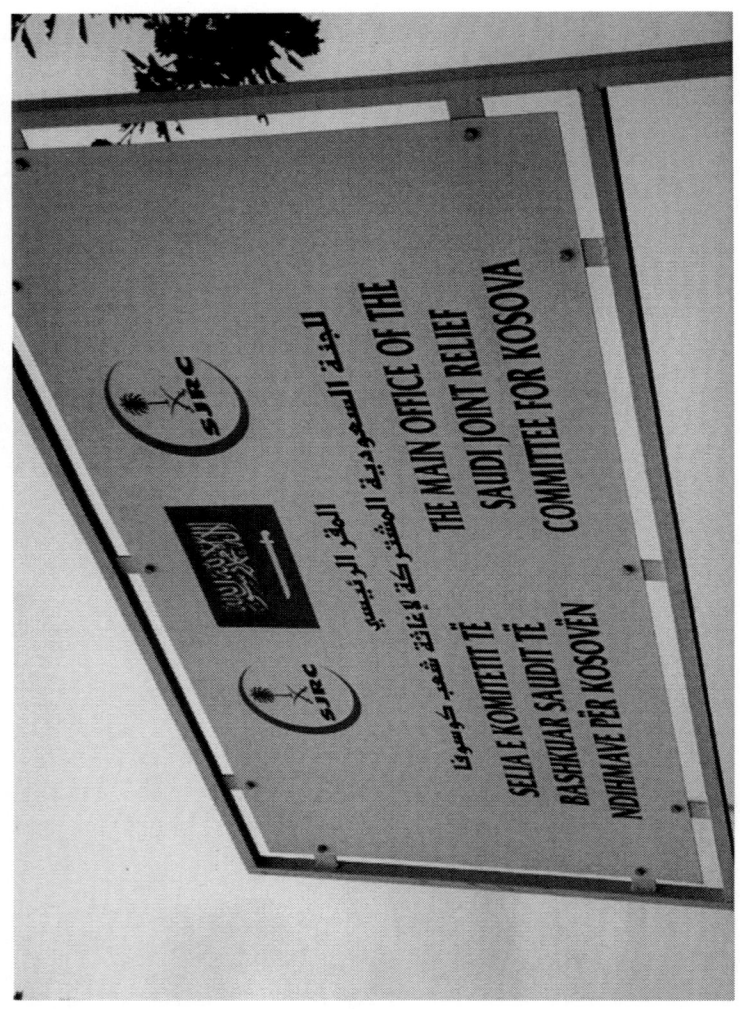

Priština, Juni 2000

Nach der Etablierung der Verwaltung der Vereinten Nationen im Kosovo ergibt sich auch für eine Vielzahl von islamischen Hilfsorganisationen die Möglichkeit, im Kosovo aktiv zu werden.

Kosovska Mitrovica, Juni 2000

Blick vom albanischen Teil der Stadt in den serbischen. Stacheldraht und eine Kontrollstelle der KFOR sperrt die Brücke ab, die die beiden Stadtteile früher verbunden hat. Links oben auf dem Berg ist ein sozialistisch inspiriertes Monument für die Trepča-Minen zu sehen. Auf der anderen Seite der Brücke, hier nicht zu erkennen, sind die sogenannten Bridge Watchers stationiert, die jede Bewegung zwischen den beiden Stadtteilen mit Gewalt verhindern.

Dragaš, Juni 2000
Im äußersten südlichen Ende des Kosovo lebt in den Bergen die Minderheit der Gorani. Sie sind Slawen muslimischen Glaubens und sind einem starken Assimilierungsdruck ausgesetzt.

Šumadija, Serbien, Sommer 2001
Guslar vor traditionellem serbischem Bauernhaus. Guslare haben bis heute die Erinnerung an die Schlacht auf
dem Kosovo Polje und die Heldentaten der Aufständischen gegen das osmanische Reich wach erhalten.

Višegrad, Juni 2001

Die Brücke über die Drina kann als eines der Symbole für das osmanische Bosnien angesehen werden. Die Lektüre des Buches von Ivo Andrić gehört zur Pflichtlektüre für alle, die sich für das ehemalige Jugoslawien interessieren.

Lovćen, Mai 2001
Auf dem höchsten Berg wurde für Fürst Njegoš Petar II.
ein eindrucksvolles Mausoleum errichtet. Die unzugängliche Lage hoch in den Bergen kann als Metapher für das
Land Montenegro verstanden werden.